Sonya
ソーニャ文庫

# 健やかなる時も病める時も、あなたのために何度でも

榎木ユウ

JN131168

イースト・プレス

contents

# プロローグ　ノロワレロ

　まさか二十三歳にもなって、ブレザーを着るとは思わなかった――そう、烏丸臨《からすまのぞむ》は思った。

　高校のときはセーラー服だったので、これが初ブレザーだが、二十歳過ぎての制服姿は我ながら痛々しく感じてしまう。

だが、仕方ない。そういう仕事を選んだのは臨だからだ。

「先生、質問してもいいですか？」

　生物学教師の机は理科準備室にある。いつも何人もの生徒が来ているので、十七時も過ぎて薄暗くなってきた時間に質問をしに来る生徒を、その五十代独身男性教師は、あまり不思議に思わなかったらしい。

見慣れない生徒に胸章《きょうしょう》を確認する教師の視線。だが、彼が受け持つのは一年生なので、三年の胸章をつけている臨のことはわからないだろう。まして伊達眼鏡に黒髪三つ編みの地味顔だ。記憶にも残らないようなタイプだと自分でも思っている。

（うわぁ……）

ちらりと眼鏡越しに教師を確認して、臨は寒気だった。

一体、どれほど人に呪われたならこんな黒い影が身体にまとわりつくのだろうと思ったからだ。目前の教師の背中には、臨にしか見えない黒い影がまるで彼にのしかかるようにまとわりついている。

それらは、呪いだ。

（まあ、死ぬ程度にならなくてよかったよねえ）

「なんだ、何が知りたいんだ？」

地味な女生徒は教師の格好のターゲットだった。さりげなく肩に手を置いて引き寄せる力は強引だ。その仕草に彼が常習犯であることはすぐにわかった。

教師は手を下ろすふりをして、さりげなく臨の太ももに手の甲を触れさせる。

違和感を覚えるギリギリの線。言い訳ができる限界点。

授業でなく一体何を教えているんだと思いながら、臨は適当に生物の問題集を開いて、ここがわからないと質問した。

その間、触ったわけでもなく、偶然教師の手が身体に触れることが何度か。

男性に慣れていない女の子ならどれだけ怖かったことだろう。それこそ学校に行けなくなる気持ちもよくわかった。

「わかりました、ありがとうございます」

臨はニッコリと微笑《ほほえ》むと、すっと先生の胸の中心に指先を当てた。

「ノロワレロ」

そう言った瞬間、教師の胸にボッと黒い炎が現れる。教師には見えていないそれは、禍々《まがまが》しい烏の羽のような漆黒《しっこく》で、彼の胸の中心に燃えていた。

「ん？」

「先生、ゴミがついてました」

「お？　ああ」

すかさず距離をとり、そのまま理科準備室から出ていく。

これで臨の今日の仕事は終わりだ。

彼のせいで登校拒否になった女生徒の母親からの、簡単な依頼。

きっと数日中に、あの教師にはちょっとした『不運』が舞い込むはずだ。

「まあ、ちょっとどころじゃないかもなあ」

あれだけ盛大に真っ黒な影を背負うなら、どれほどの人間に憎まれ呪われているのかよくわかるというものだ。

死にはしないだろうが、少しばかり大きな怪我《けが》はするかもしれないと思いながら、学校を出ていく。

今が寒い季節でよかったと本当に思う。コートでブレザー姿を隠してしまえば、少しは周囲に馴染んで紛れるはずだ。まあ、襟元や膝周りはどうしても見えてしまうので、コートを着た女子高校生と、遠目には見えてしまうだろうが。それでも顔を伏せて歩けば地味な自分のことなど周囲は気にしないだろう。

そのまま約束の場所までの道を小走りで向かう。

臨は、人を呪うことを生業にする『呪術師《じゅじゅつし》』だ。

もちろん表に出ることはほとんどないので、知る人ぞ知るという感じで、知っている人はほぼいない。

それでも人同士が関われば、様々な感情が渦巻くのが世の摂理。

令和の世の中になっても未《いま》だに臨の家が残っているのは、そういう世の中だからとしか言いようがない。

『仕事終わり！』

携帯で兄の瑛《えい》にメッセージを送ったので、あとはあまり人目につかないところで時間を潰すつもりだった。

だがしかし、今は黄昏時《たそがれどき》。こういう時間帯は、人の顔が見づらいせいかよくないことも起こりやすい。

「くそったれ！」

「やめろよー、死んだらどうするんだよ！」

ゲラゲラと笑う男たちの声。そして誰かを殴る音に、ああ、これは変なところに来てしまったと後悔する。

コートを着込んでいるとはいえ、制服を隠すために人目を避けて裏通りを歩いたのがまずかったのだろう。

たまたま廃ビルの解体工事現場の横を通り過ぎたとき、そんな声が耳に届いてしまった。しかも平日だというのに、休工中とシールが貼られている。何か問題があって工期が延びているのかもしれない。ならば中にいる人間が、工事関係者である可能性は低かった。

誰かをリンチするならもっと暗い時間、人目も更にないときにしてくれよ、と臨は自分本位なことを思う。このまま無視を決め込んでさっさと通り過ぎてしまおうと思ったとき、たまたま入り口の隙間から、中を見てしまった。

（うわうわうわうわ……）

今日はなんて日だ！　と思った。

依頼で受けた対象者はくそエロおやじだった。この年で制服を着ざるを得なかったのが腹立たしい。

そして今、たまたま通り過ぎた工事現場で見たのは、特大の呪いを背負った何かの塊《かたまり》。

あまりに真っ黒で、臨の目にはそれが人なのかわからない。

（どんだけ憎まれているのよ？）

あれほど真っ黒になる人を、臨はほとんど見たことがない。なぜなら大半の呪いは時間が経《た》つと溶けて消えるからだ。

そう、呪いは消えるのだ。人の脳が忘却というありがたい機能を備えているからこそだ。ずっと同じ憎しみを抱き続けることは、実はとても難しいのだと臨は知っている。

にもかかわらず、今、目の前で男たちに蹴《け》られてうずくまっている男女の性別さえも判断つかない黒い何かは、一心に誰かの憎しみを受けていた。

あまりにも見事に真っ黒だったので、立ち止まってしまったのがまずかった。

「おい、何見てんだよ！」

黒い塊に絡《から》んでいるのは三人の柄の悪い男性だ。臨は目を逸らしてそのまま逃げようとした。

「なんだ、お前」

しかし、その瞬間――

「……すけて」

黒い塊から手が伸びてきた。それが臨のほうに向かって必死に手を伸ばしてくる。

それだけ憎まれているのだから、きっとろくでもない人間の可能性もあったが、本来、
呪いというのは本人が『善人』であっても受けることはある。

呪う方の憎む理由が、いつも当人にあるとは限らないからだ。

たとえば芸能人などはそれが顕著で、本人に何も悪いところがなくとも、ただ目立って
万人に名前を知られているだけで、『妬《ねた》み』という呪いを受ける場合がある。

それなら目前の呪いの塊は、誰から、どれだけ呪われたらこうなるのか。

（どうするかなあ……）

このまま無視するほうがいい。臨は仕事以外で呪術を使いたくない。だから、呪いの塊
の救援要請も蹴っ飛ばして逃げてよかったのだ。

その男性たちが、余計なことを言ってこなければ――。

「なんだ、お前、そのコートの中、そこの学校の制服か？」

胸元のリボンが見えていたらしい。コートの前をたぐり寄せて隠したが遅かった。

「でも学生のわりには年食ってないか？」

「そうだな、二十は超えてるだろ、その顔」

極端な童顔ではないので、制服が似合わないのは十分わかっている。だが、それを他者に指摘されることは望んでいない。

「うわー、学校近くでコスプレとか」

「待てよ、あれじゃね？　デリヘル！」

「あー、イメクラってやつか！」

口々に臨へと揶揄《やゆ》を向ける男たちに対して、彼女は慈悲を与える——わけがなかった。

「私だって、好きでこんな格好してんじゃないってのよ！」

ズカズカと工事現場に入り込む。

さすがこんなところで一人をいたぶる人間だけあって、恨まれる要素はたっぷりだ。これならすぐに効果が現れるだろう。

「お、なんだ？　やんのか？」

「制服ババア、うける～！」

「おい、どうせならコイツがこの変態女に突っ込んだところ動画撮って売ろうぜ」

「そりゃいいな！」

呪いの塊はどうやら男性らしかった。そしてたまたま横を通りかかった臨とのセックス動画を撮ってしまおうと思ったらしい。

（なんという低知能……！）

今度は男性教諭みたいに指先なんて、甘っちょろいことはしない。

ドンドンドン！

三人に一回ずつ。その胸を手のひらで突く。

不意をつかれた男たちは簡単に臨の手をその胸に受けた。

そして、臨は躊躇《ためら》うことなく、言葉を発する。

「呪われろ」

臨の呪術の発動は至ってシンプルだ。相手の胸を突いて「呪われろ」と呟《つぶや》くだけ。

それだけで、相手が背負っている『呪い』が昇華される。

臨自身が誰かを呪うわけではない。呪われる当人が、自ら背負った他人からの恨みを昇華することによって『呪い』は発動する。

それが臨の家――烏丸家の『呪い方』だった。

そして、触れる手の部分が大きければ大きいほど、その威力は大きく、呪われるスピードも速くなる。

男たちは、案の定、あっという間に呪いの炎に包まれた。身体全体が黒い炎に包まれているので、これはなかなか後ろ暗いことをしているのだろう。しかも呪いが消える間もなく立て続けに。

だから炎は簡単に三人を飲み込む。臨にしか見えないその黒い炎の中、男たちは彼女をあざ笑う。

「何したんだ、コイツ」

「頭おかしいんじゃねえか！」

「ハハハハハ……グハッ！」

突然、一人が吐血した。

(お、急性胃腸炎かな)

わかりやすく即座に効果を見せた呪いに、三人の業《ごう》の深さを知る。

「お、おい、坂井？」

もう一人がそう言って近づいた瞬間、ガシャーン！　と、けたたましい音を立てて彼の目の前に板が落ちてきた。

「ぎゃあああああ！」

彼は足先をその板に潰されてしまった。視界に赤いものが見えて、臨はサッと目を逸らす。いくら臨が憎んだわけでなくとも、ここまですぐに、そしていきなり呪いが発揮されるのも珍しい。どれだけひどいことをやってきたのだろう、と思わず遠い目をする。

すると、最後の一人は、突然立て続けに事故やら病気になった仲間を見て、怖《お》じ気づいたらしく、「ひ、ひやあああ！」と情けない叫び声を上げて逃げた。

「あ」

いきなり走ると危ないと思った瞬間、男は足下の鉄骨につまずいた。テコの原理よろしく、バキィと足が折れる音がする。自重で転んだとは思えないあり得ない方向に足が曲がっていた。

「ぐぎゃあああああ！」

阿鼻叫喚《あびきょうかん》とはこのことか。

(あれれ……いつもならもう少しマイルドなはずなのに……)

そこまで考えて、「あ」と気づいた。

「そうか、あなたの『呪い』が強すぎるからか……」

うずくまっている呪いの塊は、こんなに近寄っても真っ黒だ。どうやったらこんなに呪われるのだろうと思いながら、臨はそっとその黒い靄《もや》を払ってあげた。

すぐにこびりついてしまうだろうし、根本的な解決にはならないが、そうすればその顔が少しは見えるだろうと思ったのだ。

「大丈夫ですか？」

思えばこのとき、そのまま放って帰ればよかったのだ。臨にはまったく関係のない他人だし、仕事でもなかったのだから。

けれど、放っておくことがどうしてもできなかった。脆弱で今にも消えそうな「助けて」という声を上げたこの呪いの塊を、気にかけてしまったことが臨の失敗だった。

男にまとわりつく呪いを優しく払っていく。すぐに黒い靄はその人物にまとわりついてしまうが、手で払っている間は少しずつ身体が見えてくる。

スーツ姿の男性だ。スーツの形が若い人向けなので若いかもしれない。

「ありがとう……」

その男性はゆっくりと顔を上げた。

（うわうわうわうわ……）

本日三回目の驚愕だった。

こちらを見上げたその顔は、とても美しかった。

芸能人といってもおかしくないほど綺麗《きれい》に整った顔は、残念なことに殴られて口の端を切ったらしく、血がにじんでいた。それさえも見蕩《みと》れてしまうような独特の色気に、臨は一瞬、ほぉっと吐息を漏らしたくなったが、すぐに冷静に戻る。

（え、うそ、待って）

男性は臨を確認して、大きく目を見開いた。

そしてあり得ないことに、臨の名字を呼んだのだ。

「烏丸さん……？」

烏丸臨、生業《なりわい》は呪術師。ただし、カモフラージュに表の職業も持っている。

リース中心のパソコン関連会社の地味な九時十六時勤務のパート社員。

それが臨の表の顔だ。至って地味でパッとしないモブ社員だと自認している。

だが、隣の部署には、毎日颯爽《さっそう》とスーツを着こなし、ピカイチの売り上げをもつスーパーバイヤー的存在がいた。

二十七歳という若さで部署のチーフを務める塔ノ木昂《とうのぎこう》。

とびきり美形で女性たちの目を惹《ひ》きつけてやまないその男が、なぜ目の前にいるのか。

しかも隣の部署なのに、なぜ臨の名字も顔も覚えているのか。臨はモブ社員のはずなのに。

「烏丸さん、その格好……」

そして、どうしてよりによって高校生のコスプレでもしているかのようなときに出会ってしまったのか。

「今日はなんて日だ……」

臨は男たちが全員倒れ呻《うめ》く、惨澹《さんたん》たる状況の中、天を仰いだ。

# 1　私は町の陽気な呪術師

「臨、また勝手に誰かを呪ったな！」

気持ちよく寝ていたところを、いきなり兄である瑛に叩き起こされた。

「うー、お兄ちゃん、土曜日くらいゆっくり寝かせてぇ」

「俺がどれだけ後処理で苦労したと思ったんだ！　ヘロヘロになって帰ってきたらお前は寝ているし！」

昨日、臨は後片づけを、迎えに来てくれた優秀で仕事もそつなくこなす瑛に委《ゆだ》ねた。

「お兄ちゃん、よろしくね！」

そう言って、塔ノ木のことも含めて全部丸投げし、タクシーで先に帰ったのだ。

あれ以上、女子高校生の制服を着た痛々しい自分を、会社の人に見られるのは耐えられなかった。
「臨！　お前本当にいいかげん気をつけろよ！」
三十二歳、独身男子が、土曜の朝からキーキーと、うるさい。そう思ったら、言っていないのにポカリと頭を叩かれる。兄とは理不尽に暴力をふるう者だと臨は内心毒づいた。
「臨、呪術師四戒！」
瑛が叫んだ。かなり怒り心頭のようなので、臨はベッドの上で正座をすると、自家に伝わる呪術師四戒をそらんじる。
それこそ子供の頃から毎日言っていた言葉なので、何も見る必要はない。
「ひとつ、呪術師は自分のために呪ってはならない
ひとつ、呪術師は老いた者を呪ってはならない
ひとつ、呪術師は無垢な者を呪ってはならない
ひとつ、呪術師は愛する者を呪ってはならない
以上、これすなわち呪術師四戒である」
「ならなんで呪ったんだ！」
「いや、四戒に反したことしてないよね？」
何一つ犯《おか》していない。

そう堂々とのたまうと瑛はまた頭にゴツンと拳骨《げんこつ》を落としてくる。

「痛い！」

「仕事ではない呪いは全部私用だ！　自分のためだろうが！」

「そんなことないよぉ。あそこにいた人を助けるためにやったんだから、人命救助です」

「何を屁理屈言っているんだ。お前は罰として裏庭を掃除してこい」

「え、マジですか」

「マジだ」

瑛の目が笑っていない。これは抵抗しようものならもっとひどい目に遭《あ》うだろう。

臨はすぐに立ち上がると、バッとパジャマを脱ぎ始める。

「お前、年頃なのに兄の前で着替えとか……」

残念そうに妹を見下ろす瑛に、臨はポリポリとお腹をかきながら「えっち」と言った。

「なにがえっちだ！　色気のいの字もないくせに！　気持ち悪いこと言うな！」

今日何回目かわからない瑛のカミナリを、耳をほじりながら聞き流して、臨はラフな服に着替えた。

「はーあ、いってきまあす」

玄関で竹箒《たけぼうき》を手にして、そのまま屋敷の裏へと回る。

先祖代々呪術師の家系のせいか、家は無駄に広い平屋だ。しかも中庭と裏庭があるので小さい頃はヤクザの娘かと疑われたのも懐かしい。

まあ、怪しい商売という点ではヤクザも呪術師も似たようなものかもしれないが。

今代の当主は臨の父で、次代は兄の瑛に決定しているので、臨は気楽に呪術師をしている。家族経営なので、臨と父と兄の三人が、依頼を受け分担して仕事をしている。

昨日の男性教諭は、高校ということで、父でも兄でもなく臨が潜入して呪いをかけてくることになったのだが、会社の人に制服姿を見られたのは痛かった。

「ああ、いっそ、記憶でもなくす方法ないかなあ……」

臨があの男たち三人に何をしたかは、塔ノ木には見えていなかっただろうし、実際胸を押したくらいで相手が勝手に病気になったり事故に遭ったり転んだりしたのだから、臨は何もしていない。

後処理もきっと瑛がきちんとしてくれたはずだ。

だから塔ノ木も昨日のことはすっかり忘れてくれればいいのだと思っていたのに――

「え、なんで我が家に来てるのかな？」

思わず固まってしまったのは、裏庭に塔ノ木が立っていたからだ。

昨日とは打って変わって私服の塔ノ木は、恐ろしいくらいにイケメンオーラが満載だった。枯れ枝も増え始めた秋の裏庭で、アンニュイな表情の美青年は絵にはなった。

絵にはなったが、ここは烏丸家の裏庭なのだ。不法侵入以外の何物でもない。

「あ、烏丸さん、おはよう」

「おはようございます？」

思わず挨拶を交わしてしまったが、どうしてここにいるのかわからず、ポカンとしていると、塔ノ木は裏庭を見渡して臨に言う。

「すごいね、自宅の裏に森があるんだね」

「はあ、そうですね」

裏庭の奥は裏山になっている。そこも烏丸家の土地なので、他人から見れば驚くことも多いだろう。だがしかし、塔ノ木がここにいる理由がわからない。

塔ノ木は臨のほうを見るとニコッと微笑んだ。朝から見るには心臓に悪い綺麗な笑顔だ。

「ヒヒヒ……」

臨も愛想笑いを返そうとしたが、あいにく生まれてこの方、他人に対して愛想を見せるよりも呪う質《たち》なので、どうしても引き笑い属性が出てしまう。

まるで魔女みたいに気色の悪い声を臨が上げたにもかかわらず、塔ノ木はふふっと軽く笑っただけだった。

（いや、軽く笑いやがって、どういうことなんだ）

「昨日は助けてくれてありがとうね。営業帰りに女の子に絡んでいた人たちに絡まれちゃってね……」

　タハハと困ったような笑みを今度は見せてくる。

（美形というのはすごいな）

　笑い方だけでこんなにも何パターンもあるなんて、とてもうらやましい。

　思わずそう現実逃避しそうになったが、それよりも塔ノ木の言ったことにハッとする。

「ああ、それで絡まれて……」

「うん、そうなんだ」

（しかし、どういうことだろう？）

　じっと塔ノ木を見つめてしまったのには訳がある。

　昨日、あれほど真っ黒な呪いの塊を受けていたはずの塔ノ木は、今日はまったく何の黒い影も背負っていなかったのだ。

（もしかして、あの男たちに呪われていた……？）

　それにしては何年も深く染みついたような呪いだった気がするが、どうも解《げ》せない。

　だが、呪いというものはこんなに簡単に一日で消えるものでもないので、あの濃い呪いは男たちの誰かがかけた呪いなのかもしれない。

（あの男たちに呪術師でも混じっていたのかな……？）

烏丸家は、他の呪術師の家系とは、ほとんど関わっていない。

向こうが正統派で正しく呪いを扱う呪術師なら、烏丸は邪道、もしくはジョーカー。ある意味、チート。

なので、もし呪術師が混じっていたとしても、うっかり倒してしまうくらいの差がある。

いるかどうか臨は知らないが、他の陰陽師《おんみょうじ》とかそういった別ジャンルのプロ相手なら五分五分だろうが、呪術師相手では、圧倒的に烏丸家は強い。呪術師という存在の相性がよすぎるのだ。

（まあ、何かいたならお兄ちゃんがなんとかしてくれているだろう）

臨は面倒くさくなったので、考えることを放棄した。よその呪術師との関わりなんて、面倒以外の何物でもないからだ。

「本当にありがとうね。助かったよ」

会社で見る姿と変わらない無駄にイケメン、無駄にスタイル抜群、そして無駄に私服が格好いいとしみじみ思った相手は、もう一度、そう臨に礼を言った。

「いえ、私、何もしてないので」

「え、そうなの？　でも君、呪っていたよね」

ひゅっと喉が鳴った。

突然、鋭い刃を突き立てんばかりの勢いで切り込んできた塔ノ木を臨は強く警戒する。

(お兄ちゃん、塔ノ木さんになんて話した？)

一般人が巻き込まれたときは、だいたいしらばっくれる。

何があっても、決定的な証拠は出てこないのだから、全面的にしらばっくれるのだ。

昨日、瑛もそうしてくれたはずなのに、何を根拠に塔ノ木は臨が呪ったというのか。

「あの、何のことだか……」

とりあえずごまかそうとしたが、塔ノ木はニコッと笑って、根拠を話してくれる。

「だって君、『呪われろ』って言ったよね？」

「私かー！」

確かに言った。

(だって言わないと呪えないし！)

だが、こういうときは「まさか」とか「そんなことはあり得ないはずだ」とか考えて、見て見ぬふりをするのが大人ではないだろうか。

「しかも、女子高校生の格好で『呪われろ』って言っていた」

「そこまで覚えていますかー！」

臨は今、この竹箒を塔ノ木に向かって振り下ろす覚悟をした。

潔く、全部を忘れてもらわなければ。

さもないと、臨は女子高校生の制服を着て、男たちに『呪われろ』と呟いた怪しい変態女になってしまう。

しかも残念なことに、一つも状況としては間違っていない。

「塔ノ木さん、記憶喪失とか、いかがですか？」

ニヤリと臨が笑って、竹箒を振り上げようとしたときだった。

「昨日の烏丸さん、すごく中二病っぽかったよね」

「中二病とは？」

中学生に見えたのだろうかと思ったのだが、どう考えてもそれはあり得ないので、首を傾げた。塔ノ木はニコニコしながら説明してくれる。

「中学二年生の子供みたいなことを言ったりやったりしちゃう、それより上の年齢の人をそう言うんだって」

「聞きたくなかったなー、それ！」

会社で塔ノ木との接点はほとんどない。

しがない地味パート社員が、エリート社員と関わることなんてないのだから、昨日までは塔ノ木も臨のことをほとんど知らなかっただろう。

名前と顔ぐらいしか一致していないはずだ。

それがたった一回、昨日、助けただけで――

「女子高校生の制服を着て、チンピラに『呪われろ』と呟いた烏丸さん、すごく中二病ぽかったよ！」

臨の中の色々大切にしていたものが全部崩れていった気がした。

（月曜日になったら退職届を書いて、早々に会社は辞《や》めよう）

女子高校生に扮装していたなんて会社に広まったら、憤死する。どうせ呪術師であることを隠すための表の職業だ。わざわざ面倒を背負い込む必要はない。

そう思っていた臨に、塔ノ木は更に畳みかける。

「だから僕、君のこと、好きになっちゃったんだよね」

「なんて？」

ぼんやりと現実逃避していた臨は、いきなり、塔ノ木から言われた言葉に全力で横っ面を叩かれた。

にもかかわらず、塔ノ木はニッコリとまたキラキラした笑顔を無駄に臨に見せつけてくるともう一度言う。

「あのとき、僕を助けてくれた君は、僕にとってかみさまみたいに思えたんだ。女子高校生の格好が趣味でも、ちょっと中二病でも全然かまわないので、惚《ほ》れました！　僕と付き合ってください！」

「お断りします!!!」

（たとえ相手がハイスペックだろうが、女子高生のコスプレをした中二病女だと思われて告白されるのは本当にごめん！　というか、我が家の住所どうやって調べたのかな!?）

臨はその日、全力でイケメンからの告白を拒絶した。

＊＊＊

月曜日、退職届を鞄に忍ばせた臨は、昼食時に塔ノ木の奇襲を受けた。

隣の部署だから就業時間中は大丈夫だろうと油断した。お昼のチャイムが鳴るとともに彼はやってきたのだ。

「制服を着ていたってことは、烏丸さんはそういう趣味なんだよね？　僕はそういう趣味にも喜んで付き合うよ」

「あー、あー、聞こえない。聞こえない」

「これはどういうこと……かな？」

そう呟いたのはチーフの内藤《ないとう》だ。

臨の部署は定員三名の弱小部署だ。チーフの内藤に、同じ事務員の和辻《わつじ》。内藤は四十代の小さいおじさんで、和辻は三十歳のおっとりしたお兄さんだ。

二人は突然やってきた営業部のエースに目を丸くして驚いている。

「えっと、塔ノ木さんは制服が好きってことですかね？」

和辻はおっとりした口調で内藤に話しかけているが、臨たちの会話は丸聞こえなのであろう。

「すみません、ちょっと騒がしいみたいだから外に行ってきますね」

臨が堪えきれずにそう言うと、和辻はニコニコとしながら答える。

「面白そうだから大丈夫ですよ。あの塔ノ木さんの恋愛模様を目の前で見られるなんて大変楽しいですから」

「俺も全然かまわないぞ。今は飯時だから私語もＯＫだ」

「いや、お二人が気にしなくとも、私が気にしますけどね？」

「ふふ、臨ちゃんの初ロマンスだね」

周りにお花を飛ばしそうな勢いでニコニコとそんなことを言う和辻に、文句など言えるわけもない。文句を言うとしたら、月曜日からモーションをかけてくる塔ノ木に、だ。

「塔ノ木さん、ちょっと」

ぐっと彼を睨《にら》みつけて外に出ろと促せば、塔ノ木はニッコリと微笑んで臨を誘ってきた。

「じゃあ、一緒に食堂で食べよう」

「それ、そこに二人で食べに行っても注目浴びませんか？」

「そう？　別にいいんじゃないかな」

「いや、塔ノ木さんがよくても私が困るんですけど？」

睨んでも何をしても効果がない。

会社では静かに生きたいのに、将来エリートコースまっしぐらのキラキライケメンと食堂でご飯なんて食べたら、それこそ周りがとんでもないことになりそうだ。

「なんなら、俺と和辻が食堂に行ってくるぞ」

「え？」

そんな気遣いいらないと思ったのだが、内藤は立ち上がると和辻を昼食に誘う。

「え、奢《おご》っていただけるんですか？」

「俺、そんなこと言ってないぞ？　まあ、奢ってやるから行くぞ。烏丸、昼休み終わり十分前には帰ってくるから、くれぐれもここで変なことはしないでくれな？　俺はお前を信じているぞ」

内藤が臨に向かってニカッといい笑顔を見せたが、信じているなら行かないでほしい。

結局二人は部屋を出てしまって、臨と塔ノ木が残された。

（なんてこったい……）

そもそも男女二人きりにすること自体問題ではないのかと思うのだが、もうこの際、塔ノ木のことは無視することに決めて、無言で弁当を取り出す。

「あ、お弁当なんだね」

「兄の手作りです」

間違っても自分の手作りだと思われたくなくて先にそう言うと、塔ノ木はちょこんと臨の隣に座って自分も弁当を入れているらしき保冷バッグを出してきた。

「僕は自分の手作りだよ」

「弁当あるんかい」

突っ込んでは負けだと思ったが、突っ込まずにはいられない。

（食堂で食べなくてよかった……！）

食堂で仲良くお弁当なんて食べたら、それこそあらぬ誤解しか生まれないし、食堂を利用する人の邪魔にしかならなかっただろう。

「結局私とご飯を食べる気満々なんですね」

「うん、そのつもりで来たからね」

塔ノ木は、保冷バッグからお弁当を取り出す。ごくごく普通の百円ショップで買ったらしい弁当箱だった。弁当箱だけいえば臨の曲げわっぱのほうが豪華《ごうか》だ。

そして両者、蓋《ふた》を開けば、中身はどちらも色鮮やかだった。

瑛の手作り弁当は内藤にも絶賛されるほどの彩《いろど》りも味もピカイチな弁当なのだが、塔ノ木の弁当も十二分に綺麗な弁当だった。

「え、いつもそんなの作ってくるんですか？」

「いや。今日は絶対烏丸さんと食べようと思ったからね」

頬杖《ほおづえ》をつきながらニコリとまた塔ノ木は笑う。どういう仕草をしても格好いいのは、本当に得以外の何物でもないなと実感する。彼が己の隣でご飯を食べることを全然かまわないと思いそうになってしまった。

「美味《おい》しそうだね。僕のこのコロッケと交換しない？」

兄お手製の竜田揚げを見ながら塔ノ木が提案してくる。臨は少しだけ迷ったが、塔ノ木のコロッケは大きさといい、揚げ具合といいとても美味しそうだったので、トレードに応じた。

塔ノ木はヒョイと自分の箸で、竜田揚げとコロッケを交換する。箸の持ち方まで綺麗とか、彼には本当に何の欠点もなさそうだ。

「この竜田揚げ美味しいね」

「塔ノ木さんのコロッケも美味しいです」

嘘《うそ》はつきたくないので、素直に塔ノ木のコロッケを賞賛した。

「ちなみに私はこういうのまったく作れませんから。料理が上手な女の子か、うちの兄をオススメしますね」

そう言うと、塔ノ木はくすくすと笑う。

「僕は作るのも好きだから大丈夫。烏丸さんが彼女になってくれるなら、いくらでも君の好物を作ってあげるよ？」

料理もできない女なんてと幻滅してくれたほうがよかったのに、塔ノ木にはまったく通じないらしかった。そもそも、どうして臨にこだわるのか。

「私の何にそんなに興味を――」

「え？　制服だったところとか、『呪われろ』って赤の他人にいきなり言っちゃうところとか？」

「あー、今日もお兄ちゃんのお弁当は美味しいなあ！」

瑛はきちんと塔ノ木に説明をしてくれたのか。

土曜日に塔ノ木が来たときも、瑛は塔ノ木を熱烈歓迎していた。

『臨の会社の人らしいな！　とても感謝していたから臨に怪我がないか心配だとおっしゃっていたんだ。住所？　そういえばなんで聞いてきたのだろうと思ったんだが、わざわざ家にまでお礼に来てくれたんだなあ！』

臨の個人情報が、実の兄からダダ漏れだ。スーパー営業職の力を舐《な》めていた。塔ノ木は瑛からあれやこれやと聞き出していたらしい。

（お兄ちゃんの口は縫《ぬ》いつけなければいけない）

心の中で自宅の裁縫道具の場所を確認しつつ、黙々とご飯を食べる。

臨はほとんど塔ノ木のほうを見ていないのだが、彼がこちらを見ているのはわかる。

しかも臨は相手にしないという雰囲気を出しているのに、塔ノ木は全然堪《こた》えていないようだった。

「烏丸さんって、名字みたいに髪の毛真っ黒だよね」

染めていないまま、肩下まで伸ばした長い髪を見つめられる。

外見や体型が呪術師の能力に影響することはないので、臨も髪は自分の好きにしていた。

髪を染めないのは染めてしまうと簡単に傷《いた》むほど、髪が弱いからだ。黒くてまっすぐではあるが、触ると見た目以上に臨の髪は細くて柔らかい。だからなるべく髪には気を遣っていた。

「以前から、髪の毛が綺麗な子だな、と思ってたんだよね」

「まあ、髪だけですがね」

臨がそう言って塔ノ木のおべっかを叩き落とすと、彼は嬉しそうに笑った。何が嬉しいのか本当に理解できない。

「髪だけじゃないよ」

そう言うと、塔ノ木はぐっと顔を近づけてくる。パーソナルスペースをいきなり侵されて、臨は顔をしかめながら上半身を反らした。

「君ってすごくよく見ると、可愛《かわい》いね」

「すごくよく見るって必要ですか？　必要ないよね？　普通に褒《ほ》めて。そのほうがまだ傷つかないから！」

「だって普通に褒めても、全然烏丸さんには響かないじゃないか」

「いきなり土曜日に惚れたって言ってくる相手の言葉をどう信じろと？」

「恋は突然と言うじゃないか」

ああ言えばこう言う。

よくもスラスラと言葉が出てくるものだと感心してしまうが、臨は塔ノ木を無視することにして勢いよくご飯を食べ始めた。これくらいの弁当なら五分たらずで食べきれる。

「早食いは身体に悪いよ。ほっぺをふくらませてもぐもぐする姿は野性的で可愛いね」

「野性的とはいつ女性に対する褒め言葉になったのか」

「今かな？」

「ごちそうさまでした！」

バンッと手を合わせるとさっさとお弁当箱を片付けて机にしまうと立ち上がる。塔ノ木はまだ食べ終わっていないようだが、そんなことは気にしない。

「どこ行くの？」

「歯を磨いてきます！」

さすがに塔ノ木もトイレまで追いかけては来ないだろう。トイレで歯を急いで磨くと、彼の姿がないことを確認してから廊下に出た。

早歩きで時計を見れば、時刻は十二時三十分。約束の時間までは五分しかない。

（あー、もー、なんでよりによって今日なの！）

なんて面倒くさい相手を助けてしまったのだろうかと後悔しかない。

そもそも『呪われろ』と言う臨を気に入るなんて、自分で言うのもなんだが、怖い。

（中二病っぽいのがいいとか、コスプレがいいとか、言っていることの半分も理解できないよー！）

塔ノ木はあんなに顔がいいのに、かなり性癖を拗《こじ》らせているのかもしれない。

「人間、平和がモットーだよ……！」

臨はそうぼやくと、階段を勢いよく駆け上った。

本業のカモフラージュで勤めている会社は、中小企業ながら八階建てのそこそこ大きなビルを所有している。

企業や一般顧客へのパソコンのリースを主に扱う会社で、今や小学校からタブレット型PCの支給は当たり前になっているし、個人でも買うほどではないがレンタルリースでまかないたいというニーズは意外に多いらしく、業績は上々だ。

リースから戻ってきたパソコンのリフレッシュや解体などを担《にな》うのが、臨のいる部署である。

そしてこのビルの最上階は社長室という、まさにお殿様か！　と突っ込みたくなる仕様になっており、臨が向かっているのもその最上階だった。

八階までエレベーターもあるので、当然階段の利用者は少ない。

臨は七階と最上階の間にある踊り場で立ち止まると、もう一度時間を確認した。

十二時三十五分。ジャストタイムだ。

すると、トントントンとリズミカルに階段を降りてくる音がする。

「時間通りだね」

そう言ったのは、この会社の社長である西条《さいじょう》だ。髪の毛は一部分にシルバーのメッシュが入っているかのように白髪の集中する御年五十四歳のスタイリッシュ社長は、今日はウールベストにスラックスというういつもよりいささかリラックスした格好で降りてきた。

「え、今月は何したんですか？」

思わずそう呟いたのは、西条の背中に、ずしりと黒い影がこびりついていたからだ。

臨たち呪術師だけが見ることのできる『呪い』だ。

「ああ、ちょっと競合社を買い取ったら、ね」

かなり強引に吸収したんだろうなとわかるくらいの恨み節が背中に張りついていた。

臨はその背中を手で払って呪いを薄くする。

しかし、それで全部取れるわけではない。

「あー、これ、毎週やらないと駄目ですね」

「あ、やっぱり？　そうかー、殺したいほど俺のこと憎んだ奴がいるかー」

あはは！　と脳天気そうに笑う西条は、烏丸家との付き合いが深い。

臨がこの会社に雇用されているのも、西条と縁故があるからだ。

（縁故最強だと思う）

そして西条が臨を縁故採用した理由は、当然、この『呪術』に関わっている。

西条家は旧財閥の家柄。財力と権力を持っていると当然妬み嫉みを向けられる。それらから発芽する呪いを薄くするのが、臨たちの仕事である。西条家は大のお得意様だ。だから、臨はこうして西条の呪いも定期的にケアしている。もちろんこちらは呪術師としての仕事なので、給料とは別に給料以上のお金をもらっている。こう見えても臨は高給取りなのだ。誰にも自慢はできないが。

「毎週月曜、この時間で大丈夫ですか？」

「秘書に確認しとく。駄目なときはメールいれる」

「了解です」

臨は西条の胸にトンと小指をつける。そして、小さな声で囁《ささや》く。

「呪われろ」

西条の胸でぽっと小さな黒い炎が燃え始めた。炎の大きさや色からして、紙で指を切るとかそういうちょっと血が出そうな呪いだと判断できる。

烏丸の呪術師は人を呪うことによって、呪いの相対量を減らすことができる。こうやって日常的に小さな呪いで昇華したほうが、怪我や病気も少なくてすむ。そういうふうに呪術師を使っている旧家や権力者も多い。

「今日一日、ちょっと痛いことがあるかもしれませんが、気をつけて」

「ああ、了解。ところでメールで何か話があるとか言ってなかった?」

実は退職届を出すつもりだったが、西条がこの様子では、おちおち退職もできない。

臨はため息をつく。

「いや、会社辞めたくなったんですけど、ちょっと無理だなとわかったのでいいです」

「え、なんで!?」

西条が目を見開いた。

「給料たらなかった? それとも休みが少ない?」

「いや、どちらも十分ですし、あんなに楽な職場、最高です」

「だよね。内藤、仕事大好きだから全然やらなくてすむだろう?」

「はい、最高の上司です!」

部署に臨を含めて三人しか人員がいないのは、内藤と和辻が何人分もの仕事をしているからだ。臨はただいるだけでいい。そう考えると確かに辞めるのは惜しくなってきた。

「あ、じゃあ、結婚？　うちの会社、産休もきちんとあるから遠慮しなくていいよ！」

「この会社の人間は、どうして私の話をきちんと聞かないのか」

矢継ぎ早に質問してくる西条を黙らせて、臨は渋々理由を話すことにする。

「ちょっと会社の人にこっちの仕事を見られてしまいまして」

「へえ、そうなんだ。でもそういうのって瑛くんがなんとかしてくれるだろう？」

「今回もお願いしたんですが、なんかうまく相手に言いくるめられちゃって……！」

本当にいつもならこんな面倒くさいことなんて起こらないはずなのだ。

それがどうして付きまとわれることになってしまったのか。

「その相手が土曜日も今日も私に絡んできて、いいかげん面倒だなーと思ったんですが、今、辞めると西条社長と会う時間を作るのも面倒なことに気づき……」

「ははは、それなら、夜、フレンチレストランでディナーとかの形にしてもいいけど」

「私が社長の愛人って噂《うわさ》が出たらどうするんですか？」

「じゃあ、奥さんも連れてくるよ」

「いや、全力でお断りします」

西条の妻とは、臨が中学生の頃に知り合った。そのとき、西条の奥さんに彼の呪いが移りかかっていたので、臨が昇華したのだ。

『呪われろ』と呟いて背中の影を炎に変えることを『昇華』と烏丸家では呼んでいた。

烏丸家は自分たちが誰かに呪いをかけるのではなく、他人からもたらされる呪いを媒介にして昇華させる呪術を生業としている。

西条の妻を助けて以来、仲良くはさせてもらっているが、それでも何が悲しくて会社で一番偉い人とその奥様と一緒に毎週ディナーを食べなければならないのか。緊張して何の味もしない気がする。

「ちなみにさ、臨ちゃん、君に絡んでくるこの会社の人って、将来有望で彼氏にしたいって総務とか秘書さんの間でも有名な塔ノ木君？」

「え、なんで」

ずばり名前を当てられたことに驚いて顔を上げて、嫌な予感がした。西条の視線が臨に向いていない。臨の後方、階下に続く階段に向けられている。

（嫌だなあ……振り返りたくないなあ……）

背中に視線を感じる気がする。気のせいだと思いたいが、西条の顔色も心なしか青い気がするので、現実は受け止めなければならない。

ゆっくりと振り返ると、七階につながる階段でひょこりと顔を出してこちらを見ているイケメンがいた。しかも満面の笑みで。

（え、ついてきてたの……）

サーッと一気に血の気が引いた。いつから聞いていたのか、考えるのも怖い。

「やあ、塔ノ木君」

「こんにちは、社長。僕の名前を覚えていただいて光栄です」

「先月、君、社長賞とってたじゃん」

臨越しに二人で会話をするのはやめてほしいと思う。臨は一人でダラダラと冷や汗を流していた。

「僕、中二病的な烏丸さんも好きなんですけど、そうじゃない烏丸さんの可能性もどうしても捨てきれなくて」

ニコニコしながら塔ノ木は階段を上がってくる。臨は思わず西条の後ろに隠れた。

「え、臨ちゃん、やめて。俺も怖い」

「いや、自分のところの社員でしょ？」

「臨ちゃんも社員だよね!?」

二人が言い合いをしている間に踊り場まできた塔ノ木は西条に尋ねる。

「ちなみに不倫関係とかではありませんよね？」

「いきなりぶしつけ！」

臨が突っ込んだが、西条は「はははは」と笑って流す。

「臨ちゃんと仕事の話だよ」

「それは『呪い』に関することですか？」

単刀直入に塔ノ木は尋ねた。

臨は西条のスーツをぎゅっと摑《つか》んだ。言わないでくれ、と暗に示したのだ。

「それは俺の口からはなんとも」

「そこは否定して！」

否定しなければ、この場合、肯定ととられかねないのに、西条はなぜ否定しないのか。

背後から恨《うら》みがましく見上げると、西条は引きつった笑みを浮かべていた。

「ど、どうしたの、西条社長？」

「臨ちゃん、ホウレンソウはきちんとして。絡んできてるとか、そういうレベルじゃないじゃん」

小声で西条が臨にぼやいたが、どういう意味なのかわからない。

「絡んできた以外になんと？」

「君にめちゃくちゃ惚れてそうなんだけど!?」

「ぎゃー！　そんなわけありますか！」

臨は思わず絶叫した。

（なんて恐ろしいことを言うんだ、この社長は！）

金曜日に会っただけで、社長の顔色さえ変えさせるほどのゾッコンとはどういうことだ。

色々と恐ろしすぎて、臨は塔ノ木と決して視線を合わせようとしなかった。

「塔ノ木君、俺と臨ちゃんは本当に仕事上の付き合いしかないので、誤解はしないでくれる？」

「臨ちゃん……ですか」

ヒヤリと冷たい塔ノ木の声に、西条はすぐに白旗を上げる。

「あ、烏丸さん。烏丸さんです、はい、どうぞ」

「え、待って、ちょっ！」

西条は後ろに隠れていた臨を遠慮なく塔ノ木に突き出した。

（ひどい！）

塔ノ木はニッコリとたいそう綺麗な笑顔を臨に見せて、名を呼んだ。

「烏丸さん」

（いや、呼ばないで。本当に怖い）

「な、なんでしょう……？」

「君って人を呪うことができるの？　僕、知りたいなあ」

「私は教えたくないな!?」

臨の絶叫は踊り場に響き渡ったが、そのタイミングで西条が「いや、もう無理じゃね？」と言ったので、あとでもう一度呪ってやると思った。

＊＊＊

「そもそも、君が『呪われろ』って言った後に、全員が突然怪我や病気になるなんて、何か特別な力が働いたと思わない限り、あり得ないと思ったんだよね」

臨の目の前でチョコレートサンデーをつつきながら塔ノ木はそう言った。

定時後、臨はファミリーレストランに連行された。

「拒否したら家に行くけど？」

と言われたら、ファミリーレストランしか選べなかった。

(我が家に来てどうするの？　こんなイケメン連れてきたら、お母さんがめちゃくちゃ喜ぶだけじゃん！)

イケメン好きの母は、塔ノ木に大喜びするだろうが、娘大好きの父がどう出るかは怖くて考えたくもない。

涙目の臨を車の助手席に乗せて、ご機嫌でファミリーレストランに連れていった塔ノ木は、臨が『何者』か、大変興味を持っていた。

(兄よ、どうしていつものようなうまい説明をしてくれなかったのか……)

そう思った臨の耳に、瑛からの幻聴が聞こえる。

『お前が丁寧《ていねい》な仕事をしないからこうなるんだよ！』

今度から仕事をするときは本当に気をつけようと心がける。

臨が人に呪いをかけたがる変な妄想女と思われるぶんにはまだましだったが、本職の存在をこんな真剣に信じてこられると、ちょっとどころでなく困る。

一応、信用商売だし、見えない事象を本当だと信じることはとても難しいのに、なぜ塔ノ木はこんなにガッツリ信じているのか。

「実は私、『呪術師』って職業なんです、あははは～」

もう疲れたと思いながら、自分の職業を暴露すると、塔ノ木さんは「やっぱり！」とキラキラした顔になる。

「僕ね、実はこういうものに興味があって！」

そう言って鞄から取り出してきたのは、『超常現象』『超能力』『異能』『神隠し』など怪しい言葉のオンパレードの本の数々だった。

「小さい頃から、人間以外の存在がいると僕は思っていたんだ！」

「いや、私、人間ですけど!?」

「で、今、すごく好きなのがこの『ゴースト不動産』って話で、これに出ている不思議な能力を持っている社長が本当に格好よくて！」

「人の話、本当に聞かねえな!?」

いつもは人当たりがいいイケメンだと遠目に思っていたのだが、今わかった。

（この人はあれだ。いわゆる『オタク』と言われる部類の人だ）

しかも『異能』オタクかもしれない。

（なんで私、こんな人、助けてしまったのかな？）

そう思えども、何度あそこを通っても自分は助けたんだろうとは思ってしまう。

あのとき、塔ノ木は真っ黒な呪いの塊で——

「あれ、そういえば、今は全然呪われていませんね」

思わず塔ノ木の顔に手を伸ばしてしまう。首のあたりにうっすらと呪いの影がこびりついていたので、そっとその影に触れてみた。

意識して触れることにより、どんな呪いか判別できるからだ。

この前はあまりにも真っ黒だったので遮断していたが、今日くらいの薄い影なら気軽に影の断片を読み込むことも厭《いと》わない。

影には嫉妬《しっと》の類《たぐい》の憎しみが染みこんでいた。そっと臨が影を払うと、すうっとそれは空気に消える。

「ん……」

一瞬、首筋を触ってしまったからだろう。塔ノ木が変な声を出した。

「へ、へ、へ、変な声出さないでくださいます？」

「いや、いきなり烏丸さんが触ってくるから……僕、耳の側、敏感なんだよね」

「知りたくなかったなー、そんな塔ノ木情報！」

次からは絶対触るものかと思ったが、塔ノ木はニコニコと上機嫌で、臨に尋ねる。

「で、呪術師ってどんな職業なの？」

「その名の通り、人を呪うお仕事ですよ。大抵、どんな人間でも他人に負の感情を向けられることってありますよね。私たちはその感情が黒い影で見えるんです。で、それを『昇華』して消すのが私のお仕事です」

「しょうか……？」

「昇華って書きます」

携帯で文字を打って見せる。

「化学の実験用語でなくて心理学のほうの代替行為って意味合いで、うちでは使っています。要は私たち、マッチとかライターみたいなものなんですよ。燃える原料は、その人自身に向けられている呪いだけしかありません。その燃料を燃やして消すだけの簡単なお仕事です」

「え、じゃあ、誰かを呪い殺すとか不幸にするわけではない？」

「その人が受けた呪い次第ですかね」

呪術師という名前のせいか誤解されやすいが、人を呪い殺すことは専門外だ。やろうと思えばできるかもしれないが、それには膨大な呪いが必要になる。依頼者がそこまで相手を憎むには一年や二年ではたらない。十年、いやそれ以上の年数を経《へ》た呪いをもってしかなせない。

けれど、そこまで長い間、人を憎み続けることは難しいので、そういう依頼を臨は受けたことはない。当主である父や跡継《あとつ》ぎの瑛なら知っているのかもしれないが、臨はそういった仕事は任されない。

臨が受ける仕事は、表だって裁《さば》けない、または証明しづらい相手に対する呪いや、西条社長のような呪いを受ける側の人の呪いを和らげることぐらいだ。

それをぽつぽつと適当に話したのは、別に隠す必要もないからだ。

この令和の世の中、陰陽師《おんみょうじ》さえ廃《すた》れてしまっているのに、呪術師などもっと信じてはもらえない。しかも呪術師以外には呪いの影も炎も見えないのだ。

病気になろうが怪我をしようが、呪術というものが科学的に証明できない現在、臨の仕業とは証明できない。

だからそのあたりをうまく瑛は話しながら、顧客になり得る人と、そうでない人を振り分けるのだと言っていたことを思い出す。

瑛が塔ノ木に対してあまりフォローしなかったのであれば、それはつまり——

(今後、依頼人になり得る可能性を見たんだろうなあ)

まあ、これだけのイケメンだ。定期的に人の恨みも買う可能性もある。しかもこちらの話をガチで信じ込むような人だ。固定客に十分なり得る。

(お兄ちゃああああん!!)

そりゃ我が家の住所を教えるというものだろうとは思うが、妹がこんなに変な感じで惚れられるとは思わなかったのだろうか。

(思うわけがないな)

スンッと冷静になる。臨自身、思いもしなかったのだから、瑛もそこまで考えてはいなかっただろう。

「どこの世の中にコスプレした呪術師に恋するイケメンがいるかな？」

「ここにいるよね。本当に僕たち、運命だね！」

臨は顔を押さえて、「あ――――！」と声を上げた。

(帰りたい)

心の底からそう思った。

「僕も訓練したら、呪術師とかになれるかな？」

喜々として聞いてくる台詞《せりふ》が痛い。

(はい、私、今気づいた！)

臨のことを中二病だと塔ノ木は言っていたが、中二病なのは塔ノ木のほうだった。

「そうだよね、こんな異能オタクだなんて誰も気づくわけないよね」

「僕、憧れていたんだよね。異能の右目がうずく……とか！」

「やめて、ポーズとらないで。無駄に似合うから私が泣きたくなってきます」

「烏丸さんに弟子入りしたい」

「残念ながら、この能力は家系なので、塔ノ木さんはどうやっても使えません」

そう言うとあからさまに塔ノ木はガッカリした。どうやらそういう目論見もあって臨に近づいてきたようだった。

（ただ、惚れたとかだけじゃなくてよかったような……？）

そうは思ったが、それはそれで面白くはない。しかし、そんな不満さえも吹き飛ばすことを塔ノ木は言う。

「じゃあ、烏丸さんとの子供を呪術師に育てるしかない？」

「今、色んなことすっ飛ばしてるし、そもそもそんな異能目当てで私と子供作ろうと思わないで、本当に引く！」

臨が強く言ったのに、塔ノ木は聞いてくれない。

「烏丸さんに似た子と、俺に似た子。最低でも二人は欲しいよね」

「お兄ちゃん、助けて！」

思わず叫ぶと、「はいよ」といきなり声がした。

すると臨の隣にドカリと誰かが座り込んでくる。ひょろっとしていかにも不健康そうな、黒いコートに身を包んだ全身黒づくめの男性――兄の瑛だった。

「お兄ちゃん！」

「どうも、塔ノ木さん。土曜日ぶりですね」

「こんばんは、お義兄さん。またお会いできて嬉しいです」

塔ノ木はとても嬉しそうに瑛を見つめている。普段、そんな尊敬の目で見られたことなど一度たりともないだろう瑛は、目の下の隈《くま》もひどいその顔でニカッと笑った。

察するにあっちの仕事帰りなのはわかった。

「お兄ちゃん、どうしてここがわかったの？」

「いや。夕飯ないっておかんから電話あったから、じゃあ、外で食うかと思ってここに来たら、たまたまお前たちを見かけたってワケ」

臨が夕食はいらないとメールしたので、母はご飯を作ることをやめたのだろう。父のご飯は——いや、考えまい。臨の家はそういう家庭なのだ。

「いやあ、臨と同じ会社だとは聞いてましたが、二人でご飯を食べる仲だったんですね」

瑛は塔ノ木に軽く挨拶した。

「はい。臨ちゃんとは清く正しくお付き合いさせてもらっています」

「お付き合いしてないし、いきなり名前呼びしないでくれませんか？」

「お義兄さん、今度、お義父さんたちにご挨拶に行きたいのですが」

「話を聞いて！」

何度言ったかわからない言葉で臨が遮ると、二人が臨をキョトンとした顔で見た。

（どうしてキョトンとする。私のほうがしたいわ、その顔！）

とりあえず臨は気を取り直して、二人に言い聞かせる。

「まずお兄ちゃん、私と塔ノ木さんは付き合っていない」

「お前……お前の人生でこんなイケメン、二度と付き合えないぞ？」

「そういう問題じゃねえ」

それから臨は塔ノ木に向き合うと、はっきりと言う。

「言っておきますけど、誰か呪いたいならそういうのはきちんと兄に依頼してください。そうしてくだされば、烏丸はきちんと依頼を受けますので。ただし、我が家は西条社長くらい稼《かせ》いでないと払えませんよ？」

西条社長の依頼は受けた呪いを『昇華』することなので、まだ安価なほうだが、誰かの呪いを強制的に『昇華』する仕事はもっと高額になる。それこそ女子校の教師に復讐するために、女子高生の親が車を売ったお金で我が家に頼んできたように。

「あー、僕、お金ないんで、呪いたくてもお願いできませんね」

塔ノ木はサラッとそう言った。

「臨ちゃんも見たでしょ？　僕、お金ないから中古の軽自動車」

「あ、はぁ……」

確かに随分古い型の軽自動車だとは思った。社長賞ももらっているはずなのにそのお金はどうしているのだろう。

「なんでお金ないんですか？」

「なんでだろうね」

そう言った塔ノ木の手首に、チャラリと数珠《じゅず》が見えた。水晶らしき球体が連なったそれに思わず臨は目を奪われた。

「ああ、これ？　異能開発ブレスレットっていうんだけど――」

「そういうお金の使い方か――！」

臨は頭を抱えた。

完璧なイケメンだと思ったのに、どうしてそうなったのだろう。いや、完璧だったとしても全然お付き合いできないのだが、異能オタク強火に、より一層なんとも言えない気持ちになる。

「まあ、お金とかは追々お前が管理していけばいいじゃん、臨」

「は？」

瑛がいきなり訳のわからないことを言い出した。

「お前、もう二十三歳だろう？　早く子供作らないと」

「兄も壊れたのかな？　いや、壊すしかないのかな？」

「いや、うちは二十五歳までに最低一人は子供作らないと駄目だろう？　忘れたのか？」

まさかの種馬扱いで、兄が塔ノ木を見初めたのだと今気づいた。

確かにこんなイケメン、頼んでも種馬にはなってくれそうにない。だからといって、勝手に人に種馬をあてがわないでほしい。

「まだ二十五歳まで二年もあるのに……！」

「お前は女なんだから、出産するまでに時間かかるだろうが」

「はい、セクハラー！　本当にいまどきあり得ないよね？　私だってギリギリで受精卵を作ればいいだけでしょ？　そこに男女差は関係ない！」

かくいう瑛も確か二十五歳が終わるギリギリに嫁を連れてきたのだ。

だが、急いで結婚したからか夫婦仲は良好とは言えず、別れてしまって子供は奥さんのほうに渡っている。今、三十二歳なので、もうすぐその子供が選べば兄のもとにくる予定だが、果たしてどうなるのかはわからない。

「すみません、話が見えないのですが……」

困惑している塔ノ木に瑛はニコニコしながら説明する。

「ああ、我が家の家訓で子供を二十五歳までに一人作らないといけないんですよ。呪術師の能力は血にしか宿りませんからね」

「なるほど、だから金曜日に臨ちゃんに一目惚れをしたと伝えたら、快く教えてくださったんですね！」

「君ほど顔がいい婿《むこ》候補、なかなかいないからね！」

「そこに私の意思は!?」

臨が食ってかかると、瑛は自分の失敗談をやけにしんみりとした口調で話し始めた。

「何も知らない相手と結婚してもうまくいかないことを俺は経験したからな……お前には同じ思いをしてほしくないんだ」

「しんみりと妹思い演出してるけど、何にも妹思いじゃないよね。私のことより再婚しろって言われている自分がヤバイからそう言っているだけだよね？」

瑛の本心を見抜けば、瑛も両手で顔を覆った。

「最近、父さんが従姉妹《いとこ》のむつみ姉さんを俺に勧めてきて辛い！　俺、年上の女の人に勃《た》たないんだよ！　合法ロリっ娘がいいのに！」

「そんな性癖《せいへき》だから嫁にも逃げられるんだよ！」

ちなみに瑛の元嫁は、当時、二十五歳で桃色に髪を染めてツインテールをしていた。兄の趣味にどうこういうつもりはないが、そういうところで選ぶから嫁に逃げられるんだと思わずにはいられない。

「それに、塔ノ木君、すごいイケメンじゃん!?　お前、地味顔だから絶対塔ノ木君の遺伝子、もらったほうがいいと思うんだ！　そしたらすごい可愛い姪《めい》っ子生まれるかもしれないじゃん！　俺の理想！」

「どこの世界に兄の性癖のために子作りする妹がいるの？　ほんと、呪い殺されるべき存在では？」

「ははは、烏丸兄妹はすごく楽しいね」

塔ノ木はとても嬉しそうだ。

「僕、頑張るね！」

「私の合意も何もないのに、頑張らないで！」

「じゃあ、とりあえず婚約指輪の代わりに……」

塔ノ木はそう言うと、いきなり鞄をゴソゴソと漁り出した。

そしてビロードに包まれた赤い箱を一つ取り出す。

(え、待って。金曜日に一目惚れしたのに用意するには早すぎませんか!?)

「臨ちゃん、これ……」

「いやいやいや、展開。展開が早すぎて」

「僕の気持ち」

そう言いながら、塔ノ木はパカッとケースを開けた。

そこにあったのは――薄く透明な数珠。つまりは塔ノ木の手首につけているのと同じ数珠だ。

「何個も買いすぎ！　騙《だま》されてる！」

隣で爆笑した瑛は勢いよく蹴り飛ばしたし、帰るときは塔ノ木の軽自動車ではなく瑛のスポーツカーで帰った。

## 2　鈍い恋　ノロイコイ

「現代に生きる呪術師の朝は早い。それは生まれながらに呪いを見てきた日々が彼の人生に色濃く反映されているからだ——」

「お父さん、朝からうるさい」

縁側に出て、朝日に向かって『装飾人生』（有名人の成功譚をそれっぽく語る、おじさんが好きな番組）のナレーションの真似をしている父を注意する。こうして見ると、しみじみ兄の瑛は父親似だと思う。

「お父さん、ご飯できたよー」

世間ではリビングと呼ばれるが、烏丸家では茶の間以外の何物でもない場所から母の声がする。

「今日はフレンチトーストにしてみたぜ！」

瑛がキラッと爽《さわ》やかに笑ってみせるが、その笑顔はまったくキラキラしていない。相変わらず隈がひどいのはもうそういう顔なのだろう。そうとしか思えない。

「ほら、臨。弁当」

「ありがとう」

朝食も弁当も全て瑛の手作りだ。母の役目は朝ご飯ができたとそのよく通る声で父に知らせるだけである。我が母ながら子育ては大成功でないだろうかと臨は思う。

「あ、お父さん。西条社長、これから毎週昇華作業入ったから」

昨日、父に報告し忘れたことを伝えれば、父はいつものことだと頷《うなず》く。

「西条も相変わらず恨みを買うなぁ」

年齢的に近いせいか父と西条社長は幼なじみというべき存在だ。

臨は食べやすい大きさにカットされたフレンチトーストを口に運びながら頷く。じゅわっと口内に広がる卵白液の甘さがたまらない。兄はまた腕を上げたらしい。

「そういや先週、臨が担当した昇華作業、階段から滑り落ちて大腿骨骨折《だいたいこつこっせつ》の重傷で、半年は歩けない」

臨が金曜日にした仕事の結果はさっそく出たようだった。

「依頼者からお礼の連絡を昨日いただいた」

臨は淡々と結果の報告を受けた。自分が呪った相手に対して、特に思うことはない。

なぜなら『受けるべくして受けた呪い』だからだ。依頼者だけの呪いであればそこまで大怪我はしなかっただろうが、被害者以外にもあの教師を憎む人がいた。あの教師を哀れむ人もいるだろうが、その一方で別の誰かは彼が怪我したことを喜ぶのだ。学校に来なくなったことを感謝さえするかもしれない。

結局は、自分がしたことは自分に返ってくる。

臨がしたことは、それを少し早めただけにすぎない。黙々とフレンチトーストを食べながら報告を聞いていると、父が「んんん」と喉が絡まったかのような声を上げた。

「ところで臨、か……彼氏ができたそうだな」

「ごふっ」

臨は勢いよくコーヒーを吹き出した。

「できてないよ！」

「いいんだぞ。お前もそういう年齢だ。それに結婚も考えているそうじゃないか」

「よかったわねぇ、臨」

母までニコニコと祝福してくるので、臨はものすごい勢いで瑛を睨んだ。瑛は口笛でも吹きそうな勢いで臨から目を逸らす。

「た、たまたま同じ会社の人が、なんか呪術に興味があって、私に絡んできてるだけ」

「ほう、理解があるならいいじゃないか」

「いや、家の裏の仕事に興味がある男性ってどうなの？」

「お母さんは呪術師として颯爽と現れたお父さんに一目惚れしたけど？」

母がうっとりと当時のことを思い起こす目をした。耳タコの勢いで聞いた話だ。夜道で暴漢に襲われそうになった母を父が助けたという話を臨は何度も聞いている。たとえ、父の夕飯を作る気はなくても、母の愛は本物だ。

「臨もその相手を助けたら惚れられたんだろう。たまには人助けもするべきだな！」

「いや、そこは家長として警戒しよう？　そんなのに興味持つ成人男性、間違いなく危ないよね？」

「何を言っているんだ。一般人が我が家に何かできるわけがないだろう？」

圧倒的家長発言に、そうだ、我が家はそんな家だったと改めて臨は認識した。

呪術師というちょっとあれな仕事なので、伝手も膨大だ。

警察から政治家まで選び放題なので、何かあっても大抵なんとかなる。それ故の傲慢《ごうまん》な父の語り口は、一切の迷いもない。

「むしろ、この時代に、自分には決して見えないにもかかわらず、呪いなんて信じてくれる人間は貴重なんだから、一度挨拶に来させなさい。お父さんがしっかり見定めてやろう。駄目なときはすぐ呪ってやるから」

「呪いを子供のお遣いみたいに簡単に使わないで？」

「今週末にしたらどうかしら？　瑛、そうお相手の方に伝えてくれる？」

「おお、わかった」

「なんで私の意見をまったく聞いてくれないのかな？　というか、お兄ちゃん、いつの間に連絡先交換してるの」

「俺は可愛い姪っ子（仮）を見るためなら、いくらでも頑張れる」

「お兄ちゃん、本当にキモイ……」

朝から無駄に疲れてぐったりしてしまった。はあ……と臨がため息を漏らすと、父が「あ、そうだ」と何かを思い出した。

「今日、午後、出張行けるか、臨」

「うん、大丈夫」

西条社長に早退連絡をすれば簡単に許可は取れる。このあたり、やはり本職に理解がある人の会社は強い。

「たいした案件じゃないからお前も簡単にできるだろう」

父は食事中だというのに、発注書を臨に渡す。

臨の家は変なところで会社っぽい。

受ける仕事には依頼主との契約書もあるし、瑛と臨が受け取る発注書もある。そのあたりを管理しているのは事務のエキスパートである母だ。

臨は発注書の中身をしっかりと確認する。

「なるほど」

東京に足を運ばねばならないようだ。

「で、西条には話を通しておくから、ついでにお前の婿候補も連れていくといい」

「はい？」

一瞬、臨は何を言われているのかわからなかった。

「塔ノ木君と言うんだろう？　しっかりお前の仕事、見せてあげなさい」

父が家長の顔でそう言った。しかも名前まですでに把握済みなのが怖い。

（なんなんだ、うちの家族は……）

「えげつな……」

瑛がポソリと呟いた。臨も笑っていた顔が引きつる。

さっき見た発注書には、【依頼種別：攻】と書いてあった。『攻』案件は、西条のように受けている呪いを昇華する『守』案件の仕事とは違う。依頼者と呪われる対象者は別であり、依頼者は恨みをもって対象者に呪いを行使したいということだ。

臨の仕事は正義の味方でも、大悪党でもない。そこに一切の自分の私情は挟まない。だってこれは仕事なのだから。

「呪術師四戒　呪術師は自分のために呪ってはならないってことを見せてこいってことですかね？」

親ではなく家長としての父にそう尋ねると、父はニッコリと笑みを浮かべた。

「烏丸の力、しっかりと見せつけてやれ」

「うちのお父さんは本当にえげつない」

（当分、私に婿も彼氏もできないな、これは……）

ため息を零す代わりに飲んだコーヒーは、思った以上に苦かった。

＊＊＊

東京都内。複数の路線がリンクして利便性が高く、帰宅ラッシュの時間帯になるとかなり混雑する駅。

その駅で、三ヶ月前、一人の女性が怪我をした。

その日、彼女は焦っていた。

親の危篤の連絡を受け、駅構内を急ぎ足で歩いていた。手に持った携帯の画面を睨みつけるように凝視しながら、実家へ帰る飛行機の便を探していた。

ながら操作をしていたのも悪かった。けれど、本当に彼女だけが悪かったのか。

ドシンッ！

突然、彼女の肩に誰かが勢いよくぶつかってきた。

「きゃっ！」

彼女はその拍子に携帯から手を離してしまう。便を予約するはずのそれはカシャンと音を立てて床に落ち、帰宅を急ぐ人の足に蹴られていく。ぶつかった瞬間、彼女はぶつかってきた人間を横目に確認した。

右耳の後ろにほくろのある白髪交じりの中年男性。しかし中年男性は彼女の顔を見ることもなくその場を去っていく。

「あ、そんな……！　すみません！　足下、すみません！」

たくさんの人に、故意ではなく蹴られていく携帯。焦りながらもそれを追いかけた彼女がようやく携帯を見つけたとき、それはたくさんの人に容赦なく踏まれてひび割れ、すっかり壊れて動かなくなっていた。

携帯一つ失ったとしても、急いで帰れば大丈夫だ。

そう願って帰った彼女は、結局親の死に目には間に合わなかった。

『姉ちゃんのことを何度も呼ぶから、電話をかけたのにどうして出なかったんだ』

と弟に言われたとき、彼女は何も言えなくなってしまった。彼女の親がうわごとで娘を呼んでいた時間は駅で携帯を蹴飛ばされていた、まさにその時間だった。

よそ見をしていた自分が悪かったのだと、後悔ばかりしながら、また静かに日常に戻ったとき、彼女はまた――

ドシン！

と、同じ男にぶつかった。覚えていたのは、右耳下のほくろ。そこでようやく、彼女は自分がわざとぶつかられたのだと知った。

『許せない……許せないんです』

警察に突き出すくらいではたりないのだと、彼女は仕事の伝手で復讐できる方法を探し、烏丸家にたどりついた――。

（まあ、よくある話なんだけどね）

　その発注書を見たとき、臨はそう思った。

　人を恨むとき、大抵自分もどこか心に負い目があるのだ。彼女の場合は携帯を見ながら歩いていた自分自身への負い目も、ぶつかってきた男に恨みとして乗せていた。警察に突き出す材料はほとんど揃えているらしいが、それだけではどうしても許せないのだと、わざわざ烏丸の家を探し当てたところに、彼女の執念深さを感じる。

　そして三ヶ月後の今現在、東京都内、同じ駅の杜の陰に臨は立っていた。

　時刻は依頼者がぶつかり男に会った時間とほぼ同時刻。

「まさか、いきなりお義父さん公認で、デートなんて思いもしなかったよ」

　臨の隣で塔ノ木は、端正な顔を残念なくらい緩《ゆる》ませてニコニコしている。

　午前中は会社にいたが、午後一で東京行きの電車に乗った。それに塔ノ木もついてきたのだ。本来ならあり得ないことだが、烏丸家から西条への頼み事となれば話は変わってくる。塔ノ木は社長直々の依頼という形で臨の同行が命じられた。

「仕事大丈夫でした？」

　それでも突然のことで、やり残したこともあるだろうと尋ねれば、塔ノ木はなんてことないようにニコリと微笑んだ。

「急ぎのだけ他の人に回してきた」

「でもそうなると自分の売り上げにつながりませんよね？」

「大丈夫。一日くらいどうとでもなるから」

さすが社きってのスーパー営業だ。

今日のスーツも中のシャツが淡いミントグリーンで、明るい水色のネクタイとよく似合っている。カラーシャツは営業だと敬遠されがちだと臨は聞いたのだが、塔ノ木くらい美形だと、逆にカラーシャツのほうが、嫌みがないのかもしれない。

「濃紺シャツに銀色のネクタイとかでも余裕で似合いそうですね」

「そういうのも持ってるよ。お客さんの好みに合わせるからね」

「ホストみたい……」

「臨ちゃんがそういうの好きなら、いくらでも着替えるけど？」

襟元に綺麗な指を一本入れると、くいっと少し引っ張って隙間を見せつけてくる。

ホストっぽい仕草でも表現したいのか、それだけで無駄に色気がある。

（あ、喉仏）

綺麗な首に、女にはないぼこりとした出っ張りが、やけにくっきりと見えた。塔ノ木は綺麗だが、彼は確かに男性なのだと喉仏の存在を改めて見せつけられて、臨はぐりんっと首を回して人混みのほうを見た。

（イケメン、怖い……！　無駄に色気多すぎ！）

顔を赤くして挙動不審になっていると、塔ノ木がくすくすと笑った。

「臨ちゃん、ほんと、可愛いよね」

揶揄《からか》われているとわかったが、臨は顔の赤みが引くまで彼のほうを向くことができない。

ようやく少し落ちついてから、塔ノ木に指示を出す。

「と、塔ノ木さんはそこの柱のところに立っていてください」

「はい」

何が起こるのかわかっている彼は、隠しきれない興奮で頬《ほお》を紅潮させて臨を見ている。

（今から私は人を呪うのになあ……）

こんなにキラキラした目で見られてはやりづらいことこの上ない。しかも父には『烏丸の力、しっかりと見せつけてやれ』と厳命されている。臨は小さくため息を漏らすと、塔ノ木に言う。

「塔ノ木さん、ちょっと屈んで」

素直に顔を寄せてきた塔ノ木の額に、臨はコツリと自分の額を当てる。一瞬彼はビクリとしたが、逃げられる前にすばやく囁く。

「呪いあれ」

「えっ」

バッと顔を離した塔ノ木は、最初自分が呪われたのかと思ったのだろう。

しかしすぐに周囲を見回して、大きく目を見開いた。

そうだろう、この一瞬で彼は人の呪いが見えるようになったのだ。今までなんともない人混みが、一瞬で黒い靄が散らばる空間に様変わりしたはずだ。

ノロイアレ——呪いあれ。

烏丸家の秘伝の一つだ。呪術師以外にも影が見えるようにできる。一時間ほどしか保たないがそれだけ見ることができたなら十分だろう。

「これは一時的なものです。どうしても対象者の呪われた姿を見たいっていう依頼者もたまにいるんで」

「わぁ……すごいね。黒い影がいっぱい……え、こんなにみんな誰かを呪っているの？」

「正確には呪われているってことですね。大なり小なり人に恨みを買うってのは当たり前に多いんですよ。塔ノ木さんだって今日いきなり仕事投げちゃったから、同僚の方にちょっと恨まれてますよ」

「え！」

彼の肩にほんのりと乗っている黒い影を臨はそっと手で払ってみせる。こんな恨みは手で払うこともできるし、だいたい一日も保てずに消えていく。人間は意外に汚れた感情ばかりなのだ。

「マジか。明日謝ろう」

「呪っただろうなんて言っちゃ駄目ですからね。本人も気づかないうちにっていうのも結構あるので」

「そうなんだ……そうかぁ……みんな、こんなに呪われているんだね」

なんとも言えない顔で周囲を見回す塔ノ木の視界には、今、臨と同じものが見えているはずだ。

「え、赤ん坊とかにもついていたりするの？」

横を通り過ぎた子連れの親子に驚いた塔ノ木に、臨は苦笑いで返す。

「あれはたぶん、電車の中で何かあったんでしょうね。影の色も薄いし。誰かが勝手にムカついたんだと思いますよ」

「相手が赤ん坊なのに……」

「ああいうのは気にしなくて大丈夫です。呪いなんて大半は綿埃《わたぼこり》みたいなものなんで」

まずいのは強い恨みや、何年にも渡って蓄積する呪いのほうだ。

「ひどいのなんて、本人が見えないときありますよ」

「え、そういう人ってどうなるの？」

「まあ、何にもないまま天寿を全うする人もいますけど、大半はろくな死に方しませんね。何もないって人も、それは生きている人間から見た範囲のことなんで、本当のところはわかりません」

「そうなんだ……必ずしも全員呪いで死ぬんじゃないんだ。それじゃ、恨んでいる人も報《むく》われないね」

「え？」

意外なことを聞いた気がした。思わず顔を上げて塔ノ木を見ると、彼は訥々《とつとつ》と話す。

「だって殺したいほど憎んでいても、何の苦しみもなく死んじゃう人もいるなら、呪っている側はやりきれないだろうなあと思って。ああ、そういう人たちのために、臨ちゃんたちみたいな人がいるんだね」

すんなり納得してはくれているが、その思想は少し危険だ。

「わ、私はさすがに呪い殺したことはないですよ」

あくまでも自分は、だ。父や瑛がどうかまでは、まだその域まで至っていない臨は知らない。

「君たちは着火剤なんでしょ？　実際は当人の思いだけで殺せるなら、それはすごくありがたいことだと思うけど」

「意外に塔ノ木さん、ダークですね」

もっと爽やかに善人じみたことを理路整然と言うと思ったので、意外だった。

塔ノ木はくすりと笑う。

「結構、世の中、個人の力ではどうしようもないことなんてたくさんあるものね」

臨はなんと答えていいのかわからず、ただ、塔ノ木の言っていることは臨も思っていたことなので、こくりと頷くに留めた。

「あ、来たかも。しっかり見ててくださいね」

臨は塔ノ木を試すようにそう言って、雑踏に紛れる。遠方からでもよくわかる黒い塊。ドン、ドン、ドンと人にぶつかっていくその姿に、臨はあーあと思った。

(呪いがもりもりになってくじゃん)

瞬間的な呪いも降り積もれば当然危険だ。臨の近くに来るまでに更に呪いの影が濃くなってしまう。あまりに強い呪いは、昇華も激しいからやめてほしいと臨は思うが、そんなことは見えない彼らにはどうしようもないことなのだろう。

男の顔が見えた。ごくごく普通の中年男性。ただし、ぶつかった瞬間にニヤリとわずかに上がった口角に男の性格の悪さが窺える。

（あんたのその嫌がらせで、親の死に際の声も聞けなかった人がいるなんて、思いもしないんだろうなあ）

　むしろ知ったらもっと喜びそうだ。

　誰かの不幸を喜ぶ輩は一定数いる。そして、そういう輩は、自分が呪われているなんて思いもしないのだ。こびりついてタールみたいにドロドロで、顔半分は見えなくなっている。特に右耳下のほくろとやらは臨には見えなかった。依頼者以外にも男の特徴を覚えて恨んだ人がたくさんいる証拠だ。

　臨はわざと携帯を手に男の前に行く。

　臨に狙いを定めたのは、見なくともわかった。臨にぶつかろうとした瞬間、ドン、と男の胸を片手で叩いた。そして去り際に一言、男にも聞こえていないだろうが囁く。

「呪われろ」

　ぼうっ！　と真っ黒な炎が瞬時に男を包んだ。

（あ、これはひどい）

　男は臨に胸を叩かれたことに驚いて慌ててそそくさと逃げていくが、全身が燃え上がっている。胸の中心だけ燃えるのが普通なのに、あれでは即座とんでもないことが男に起こりそうだ。

死にはしないだろうが、決して生半可な業ではない。男のした行動で、男を憎んだたくさんの誰かの呪いが、業火《ごうか》となって男の罪をつまびらかにする。

(これは塔ノ木さんでなくとも引くレベルだな)

兄がいたら、「おー、よく燃えてるなあ」とゲラゲラ笑いそうだが、さすがに臨は苦笑いしか出ない。

やりすぎたとは思わないが、手加減がたらなかったことは今後の反省案件か。

塔ノ木のところへ戻ると、彼は瞬きもせずに臨を見ていた。そういう顔も随分綺麗で、雑踏の中だというのに彼の周囲だけ時間が止まっているように感じさせるほどの空気が塔ノ木にはあった。今も帰宅時間で慌ただしいというのに、何人かは塔ノ木の顔にハッと見蕩れている。そんな彼に臨は苦笑いを浮かべたまま言う。

「ちょっと放火魔みたいでしたね」

サラリとなんてことないように自分の行動を評価する。間違ってはいないが、冷静な臨を彼はどう思うだろうか。塔ノ木は果たしてどんな顔で臨を見るのか。

強すぎる力は時に畏怖《いふ》の対象でもある。父は烏丸の力を見せつけて、塔ノ木を牽制しようとしたのだろう。だから、すぐに反応が出る依頼を臨に寄越したのだ。

塔ノ木がどんな顔で自分を見ているのか、興味半分で見ようとした瞬間――

「わああああああああ！」

遠くで誰かの声がした。

「あれって……」

「行ってみましょうか」

臨は塔ノ木の手を摑んで、人々がザワついているほうへと向かう。すると、階段のあたりに人だかりができていた。その人だかりをかいくぐって覗いてみると、黒い業火でまだ燃えている男が、泡を吹いてピクピクしながら倒れていた。階段から転んだのか、それとも何かの病気か。

「あの人……」

燃えているから塔ノ木にもわかったのだろう。

「そうですよ。私がさっき呪った相手です」

臨は塔ノ木にだけ聞こえるように囁いた。ぎゅっ、と塔ノ木が臨の手を強く握り返した。

どうやら脅《おど》かしの効果は覿面《てきめん》だったようだ。

「死にはしないと思いますけど、もとのように歩けるかはわからないですね」

「そうなんだ」

「まあ、そういう仕事ですからね、戻りますか」

臨は塔ノ木を引っ張って人混みから脱出する。手を離そうとしたら、なぜか更にぎゅっと摑まれた。

「なんですか？　離してください」

訝しげに塔ノ木を見ると、彼は心配そうに臨を見ていた。それは臨が想像していた表情とは違った。

「大丈夫なの、臨ちゃん」

「何が？」

「その……自分のせいとか思ったりしない……？」

「はっ」

思わず鼻で笑ってしまった。

「私は性格が悪いんです」

仕事一つこなして、誰かを一生歩けなくしても、臨に罪悪感はない。むしろそんなものがあったらこんな仕事はできない。

そんなに甘い生き物では、呪術師なんてやっていけない。そもそも臨は、彼にまとわりつく呪いを昇華しただけにすぎない。

なのに、塔ノ木はなんだか稚《いとけな》い子供を見るかのような顔をしていた。

どういう感情が彼の中で渦巻いているのかわからない。いっそ軽蔑するなり、ドン引くなりしてくれたらいいのに、塔ノ木の綺麗な顔は困った色しか浮かべていなくて、判断がつきかねる。

「なんですか？」

何を言いたいんだと睨みつけると、塔ノ木は悲しそうに微笑んだ。

「まいったな」

ポツリと塔ノ木はぼやいた。それからいきなりポンポンポンと臨の頭を叩いてくる。

「何？　何するんですか！」

「臨ちゃんが思った以上にいい子すぎて、ちょっと困ってしまった」

「はあ!?」

(今の何を見てそう思ったの!?)

どこをどうとったらいい子なのか、ちょっとわからなすぎて臨は声を上げた。

塔ノ木は「はぁ～」と長くため息を漏らした後、ぼやく。

「どう見ても僕のかみさまは、優しすぎる女の子だ」

「何そのかみさまって。怖い」

そういえば、最初に告白してきたときも、助けた臨がかみさまに見えたとか、わけのわからないことを言っていたことを思い出した。臨はぶんっと塔ノ木の手を振り払う。

「あ……」

名残惜しそうに塔ノ木が手を伸ばしてくるが、そもそも手をつなぐ仲ではないのだ。

柔らかく臨を見てきた塔ノ木の顔が、想像と違ったことに対して、少しだけホッとしたことは黙っておくことにした。

＊＊＊

「まいった……」

そして今、時計の針は午後十時。

本来であれば帰宅できている時間だが、臨たちが乗っていた特急電車の路線上で事故が起きたらしく、運転再開の目途が立たないとアナウンスがあり途中の駅で降ろされてしまったのである。自宅の最寄り駅までタクシーで帰る選択は距離的にも金額的にもあり得ず、臨は途方に暮れた。

「申し訳ありません、シングルルームは全て満室でして」

しかも降ろされた駅近くのイベントホールで芸能人のライブがあったらしく、悉くビジネスホテルは満室で、漫画喫茶も満室で。

十月の夜はそろそろ寒い。さすがに公園で一晩は無理がある。

瑛に車で迎えに来てもらおうとメールをしたが『仕事でN県なう。温泉素晴《すば》らしい』と写真付きで返信があった。しかも風呂付きの部屋らしく、贅沢《ぜいたく》極まりない瑛のたるんだ自撮り写真が腹立たしい。

臨はあやうく携帯をぶん投げそうになったがどうにか堪えたところで、塔ノ木が喜々として声を張り上げた。

「臨ちゃん、ここ、まだ空いているって！」

塔ノ木が指さした先にあったのがラブホテルだったことを、臨は全力で拒否したかったのに、いきなりどしゃぶりの雨まで降ってくる。

「怒濤の展開すぎませんかね！」

選択肢もなく、その日の宿が決まった瞬間だった。


「嵐の夜、ラブホテルで何もないわけがなく――」

「そういうナレーション、いらないから！」

臨はすかさずそう叫んだ。

大雨を避けるために入ったラブホテルは残り二室しかなく、臨が困惑しているうちに後からきた一組が一室をすぐ選んでしまい、結局満室になってしまう前に最後に残った一番高い部屋にするしかなかったのだ。

宿泊代の領収書を父に渡す勇気は臨には到底ないので、この宿代は塔ノ木と折半しようと心に誓う。

自宅に帰れなくなったことを母にメールで連絡したが、ニッコリしたアニメキャラクターのスタンプが返ってきた。詮索しないでくれるのが、今だけはありがたかった。

「お風呂わかしてきたから先に入っていいよ。服、脱いで乾かさないと」

「えええええ……」

脱いだ後、何を着ればいいのだろうと思っていたら、「カタログがあるから大丈夫」と塔ノ木に言われた。ラブホテルなんてものに生まれてこの方入ったことがない臨はカタログとやらが何か理解していなかったが、詳しそうな塔ノ木に任せて風呂に入ることにした。

ジェットバスつきの浴槽で、シャンプーとリンスなどのアメニティグッズも充実していることに感動してしまう。なぜか浴槽内が七色に光っているが。

「臨ちゃん、着替えとか脱衣所に置いておくね」

塔ノ木は不用意に浴室を覗くことなく、扉越しにそう声をかけてくれた。人の話はきちんと聞かないくせに意外と紳士である。

風呂から上がり、塔ノ木が用意してくれた服の上にハンガーも置かれていたので、それに濡れた服をかけた。下着はカタログとやらになかったらしく、一度着用した下着を身に着ける。大雨が下着にまでしみてしまう前にホテルに入れたことだけが唯一の救いだ。世話を焼いてくれる塔ノ木に悪いが、新品の下着まで用意されたらさすがにドン引く。

「ん？」

塔ノ木がカタログで頼んでくれた服を広げて、臨は首を傾げた。

なんだかやけにテカテカテロテロしたスカートである。プリーツが多くてしかもちょっと短い。上も広げて、臨は今度こそ唖然《あぜん》とした。

下着姿のままでいるわけにもいかず着るしかなかったが、塔ノ木がカタログで頼んだのはセーラー服だったのだ。

「塔ノ木さん！」

バンッとバスルームからベッドルームにつながるドアを開いて訴えようとして、臨は別のことに気をとられポカンとしてしまう。

目の前に、ピンクのチャイナ服の男がいたからだ。

「わあ、やっぱり似合うね、セーラー服！　僕も服が濡れていたから先に着ちゃったんだよね！」

「情報量が多い！」

ラブホテルで風呂から上がったら、自分は青いセーラー服で、一緒に入った男性はピンクのチャイナ服でしたという救いのなさに軽く臨は絶望した。

「しかも、ロングスカートじゃないですか、それ！　私にもそっちを着させて！　というかなんでこれ、コスプレじゃねえか！」

「だって、臨ちゃん、コスプレ好きだよね？」

「いやいやいやいや」

手を必死でぶんぶん振り回して違うことを主張したが、塔ノ木はニコニコ笑うだけだ。

「好きじゃないよ！　仕事だから着ただけだよ！」

「え、そうなの？」

「どうして趣味だと思った！」

ツッコミどころが多すぎた。臨は着替えたいが他に服もない状態なので、諦《あきら》めてベッドに倒れる。

「じゃあ、僕も臨ちゃんの残り湯、堪能してくるね！」

「言い方！」

全部、お湯を流してくれればよかったと後悔するがもう遅い。もはや何もする気になれずベッドに身体を投げ出したままでいると、なんだか美味しそうな匂いがしてくることに気が付いた。テーブルを見れば、カレーライスが二つ置かれている。塔ノ木は服と一緒にルームサービスで食事も頼んでくれていたらしい。

塔ノ木が風呂を出るまで待つべきだろうかと考えるが、匂いが空腹を刺激する。

「いいや、もう、先に食べてしまおう」

いただきますと手を合わせて先に食べると、レトルトカレーの味がした。空腹は一気に満たされたが、セーラー服のダメージは心に根強く残っている。

「カレー、どうだった？」

意外に早く上がってきた塔ノ木にそう聞かれた臨は、声もなく思わずまじまじと彼を見上げてしまう。

（濡れた髪にチャイナ服がエロい……）

美形は化粧もしないのに女装が似合うのかと、衝撃を受けた。

水気の多いしっとりとした髪が、塔ノ木の色気を更に醸《かも》し出している。風呂上がりでほんのり頬が赤みを帯びて、効果を更に上げている。イケメンはたとえ安っぽいチャイナ服を着ようがイケメンなのだなとしみじみ思った。

臨はたっぷり五秒ほど返事をするのを忘れてしまったが、すぐに我に返る。

「レ、レトルトでした！」

「僕、カレーはスパイスから作るから、今度作ろうか？」

「えっ、スパイスから作るんですか？」

「うん、結構美味しいと思うから、期待していて」

「べ、別にカレーは嫌いではないので、食べてもいいですよ」

臨がそう言うと、塔ノ木は嬉しそうに笑った。そのままストンと横に座ると、「いただきます」と手を合わせて塔ノ木もカレーを食べ始める。塔ノ木も空腹だったのだろう。ペロリと早々に平らげて、臨にねぎらいの言葉をかけた。

「臨ちゃん、今日はお疲れ様」

「へいへい」

「ありがとう。自分の仕事風景、本当はあまり見せたくなかったろうに見せてくれて」

「え」

思わず固まった臨に塔ノ木は苦笑する。

「僕は臨ちゃんが呪っている姿、すごく綺麗だと思ったよ」

(綺麗……?)

思わず反芻《はんすう》したが、ピンとはこなかった。

呪いはどこまでも黒い。

炎に昇華したところで、それは黒い不気味な炎だ。しかも臨が呟く呪い言葉は「呪われろ」。お世辞にも綺麗な要素はまったくない。それなのに彼は綺麗だと言う。

「お世辞はいいです」

つっけんどんに臨が返すと、塔ノ木はそんなことないと力強く言う。

「初めて会ったときは何も見えなくて、君の言葉しか聞こえなかった。けれど、今日は君の世界を僕にも見せてくれた。あの世界で生きていくことは、きっと僕が思っている以上に大変だろうなと思った」

(ああ、嫌だ)

たった一回見ただけで、訳知り顔で言ってくることを臨は腹立たしく思った。そう思ったが、沈黙を守る。いや、黙らざるを得なかったのだ。

次の瞬間、塔ノ木の見せた顔が壮絶すぎて。

「君の見せてくれた黒い炎、とても綺麗だった。呪われた人間ってあんなふうに燃えるんだね」

　ゾクリとした。

　淡々と感想を述べる顔はまるで人形のように感情がない。なのに、その目だけはギラギラと光り輝いて一心に臨を捉えている。そのアンバランスさを臨は怖いと感じた。

「と、塔ノ木さん……？」

「臨ちゃん、キスしていい？」

「はあ？」

「僕、今日の君を見てすごくドキドキしたんだ。というか興奮した」

「待って、なんか旗色がおかしい」

　さっきはゾクリとしたのに、今度は別の意味でゾクゾクする。もとい、ゾワゾワした。

「すごく綺麗だったよ、臨ちゃん。異能を使うってああいうことを言うんだね」

（あ、ガチの人だ）

　うっかり忘れていたが、ガチの異能オタクだと今さら臨は思い出した。そんな人が本物の異能を見て、怯《おび》えたり恐ろしくなったりすると思った臨が甘かった。ガチのオタクはそれで興奮するのだ。

（真正のド変態だ――――！）

　ソファーはテレビに面しているので、二人は横並びで座っていた。だから塔ノ木が臨に近づくのはいともたやすくあっという間だ。すっと距離を詰め、彼が顔を寄せてくる。美形だが、ピンクのチャイナ服の男子にキスを迫られるのはいただけない。

「ちょ、まっ！　やめてください！」

　塔ノ木はピタリと止まってくれた。

「キスしかしない。それでも駄目かな？」

「いや、そういうのってお互い好き合ってる人同士がするものでは？」

「僕は臨ちゃんのことが好きだけど？」

「私は嫌いなんだが？」

「え、なんで？」

「そこでなんでと聞けるメンタルの強さを見習いたい」

　確かに顔はイケメンだが、ガチの異能オタクで、異能グッズにお金をかけていて、貧乏な残念男子など、どこに惚れる要素があるのだろう。少しぐらい臨の仕事を褒めてくれたところで、プラスにはほど遠いのではないだろうか。

「そっか、まだ好きにはなってないのか」

「この短期間で、その格好で、惚れられると思える自信がすごい」

「僕のこと好きになってくれたら気持ちいいキスしてあげるから、早く好きになって」

「顔だけじゃないところを、テクニックで加点とかどうなの？　それでいいの？」

「臨ちゃんを三十秒で腰砕けにする自信はあるよ？」

「ああ、駄目だ。話が通じねえ」

臨はヨロヨロとベッドへと向かった。その後を塔ノ木もついてくる。

「え、なんでついてくるの」

「寝るんだよね？」

「寝ますが」

「ベッド、一つしかないし」

「襲ったら、呪う」

臨がそう言うと、塔ノ木はパアッと顔を明るくした。

「臨ちゃんに呪ってもらえるなら、僕、死んでもいいよ！」

「冗談でもそういうこと言わないで」

臨が切り捨ててベッドに入り込むと塔ノ木も入ってきて、ぎゅっと臨を背後から抱きしめてくる。異性に抱きしめられるのは初めてで、臨はビクッと固まってしまう。

「くっついたほうがよく眠れるよ？」

「本当に呪いますからね」

「呪っていいけど、嫌われたくはないから抱きしめるだけ。それならいい？」

声しか聞こえないから塔ノ木がどんな顔をしているのかわからなかったが、嫌われたくないと言った声は優しかったので、臨はそれを信じることにした。

今日は色々あって、臨もほとんど限界だったのだ。

背中から抱きしめてくるぬくもりは想像以上に温かくて気持ちがいい。人の体温がこんなに気持ちがいいなんて知らなかった。

「明日は始発で帰りましょう」

朝までに線路が復旧しているといいのだが。

「おやすみなさい」

一つ大きなあくびをした。

「おやすみ、臨ちゃん」

甘くて優しい塔ノ木の声と温かいぬくもりに、とぷりと夢の中に落ちていく臨の耳に少しだけ恨み節が聞こえてくる。

「臨ちゃん、僕以外とは絶対こんなことしちゃ駄目だよ」

本当は塔ノ木とだってしてはいけないと臨は働かない頭で思う。

（あれ？　なんで私は塔ノ木さんとだって駄目だと思ったのに一緒に寝てるんだろう）

そう思ったけれど、ゆりかごはどこまで温かく心地よくて、臨はそれ以上考えることをやめた。

自分の仕事を綺麗と言われたことが、本当は少し嬉しかったなんて、絶対塔ノ木に言うつもりはない。

＊＊＊

「なぜ、起こさなかったんですか？」

「ごめん、僕も起きられなかったんだよ」

朝、八時過ぎ、バタバタと部屋の中を駆け回る臨に、塔ノ木はあくびを噛《か》み殺しながら臨に謝る。始発に乗り損ねてしまった。どう頑張っても会社の始業に間に合わない。

「あー、西条社長にメールしておくので、午前中は出張扱いにしてもらいますから、その間のアポの調整とかは自分でしてくださいね」

臨はそう言いながら着替えの確認をする。幸いタオルで水気を吸い取ったあと干したせいか、服は乾いていた。浴室の脱衣所に駆け込んで着替える。

そして悲鳴を上げた。

「ぎゃっ！」

「どうしたの、臨ちゃん」

「頭がひどい！」

臨の頭は見事な鳥の巣になっていた。昨日、風呂の後にあまり乾かさずにそのまま寝てしまったせいもあるだろう。

「どうしよう、整髪料なんてないし」

「こういうところのリンスって、安価なのだからそうなっちゃうよねえ。もう一回、頭洗ってブローしたほうがたぶん早いよ」

そう塔ノ木に言われた瞬間、臨は諦めた――今日、会社に行くことを。

「塔ノ木さんは先に帰ってください。私、今日は別件片付けてから帰ります」

「え、いきなり？」

「ついでだし、もういい。今からバタバタして午後遅刻して会社行くなら明日頑張りますからいいです。それに東京に来たならついでに別件、片付けます」

「そうなんだ、わかった」

塔ノ木はすんなり納得してくれたので臨は会社ともう一ヵ所に連絡を入れて、それからお風呂に入った。

昨日は使わなかった入浴剤も入れて朝風呂をまったり堪能する。

「ふぅ〜」

三十分、きっかり入浴して外に出る。脱衣所で髪を乾かしていると、トントンとノックをされた。

「え、まだ帰ってないんですか？」

ドア越しにそう言うと、なんとも歯切れの悪そうな声が返ってくる。

「臨ちゃん……ラブホって会計しないと出られないから……」

（完全に私がラブホテルを知らない子だとバレてしまった）

行く機会などなかったのだから仕方ないが、一人だと思っていたから長風呂をしてしまった。知っていたら早く出てきたのに。

気まずさに固まっていると、ドア越しに提案される。

「よかったら髪、ブローしてあげるよ」

「ええと……お願いします」

迷った末に服を着て脱衣所のドアを開けると、塔ノ木もワイシャツとスラックスに着替えていた。ピンクのチャイナ服は片付けたらしい。

ブラシではなくコームしかないのに、塔ノ木はとても器用に臨の髪を整えていく。

馴染みの美容室は女性の美容師なので、男性にブローをしてもらうのは初めてだ。女性の柔らかい指ではなく、男性の硬い指が臨の頭皮に触れる。

「臨ちゃんの髪って柔らかいね」

「見た目より貧弱なんですよね」

「そう？　ずっと触っていたい感じ」

鏡が大きいせいか、塔ノ木が臨の髪を丁寧に梳かす姿がよく見える。うっとりした顔で臨の髪を見つめるので、なんだか気恥ずかしい。

(私、昨日、この人に抱きしめられて寝たんだよね)

不覚にもドキドキした。

昨日は疲れていたのであまり深くは考えなかったが、ちょっとどころでなくまずいことだったのではないかと臨は気づいた。

「何？」

鏡越しに塔ノ木と目が合って臨は慌てて逸らす。

「いや、なんか気持ちいいなあ……と思って」

そう言うと、くすりと塔ノ木は笑った。

「本当はもっと気持ちいいこともしてあげられたんだけど」

「いや、それは結構です」

臨は全力でお断りした。

「あのですね、くれぐれも私の父にラブホに泊まったなんて言わないでくださいね？　塔ノ木さん、呪われますよ」

「お義父さんから呪われるのかぁ。やっぱり人によって力って違うの？」

「いえ、烏丸家としての血族ですから、父も兄も同じですよ」

誰が強いとか弱いというものはない。臨たちはあくまで媒介にすぎないからだ。

「そうなんだ」

「ところで塔ノ木さん、電車の時間大丈夫ですか？」

今さら心配になって塔ノ木を鏡越しに見つめると、ニッコリと微笑まれた。朝から爽やか全開だなあと、しみじみ感心するくらい綺麗な顔だ。

「今日も臨ちゃんについていこうと思って、仕事の調整はさっきメールしておいた」

「え！」

「だってまだお仕事するんだよね？　僕、君の仕事、見たいなあ！」

目を輝かせて塔ノ木は臨を見る。

「……怖いとか、気持ち悪いとか、まったくないんですか」

キラキラした視線を向ける塔ノ木にそう聞くと、彼は「まったく」と全否定した。

「だって魔法使いみたいだよね」

「いや、呪術師ですから」

臨に魔力があるわけでもない。ただ、人の呪いが見えて、それを昇華できるだけ。言葉にすればそれだけなのだ。

そんなことをつらつら思っていたら、いつの間にかブローが終わっていた。

「あ、すごい綺麗」

美容院に行った後みたいに髪の毛がサラサラになった。あとは化粧をしたいところだが、残念ながら化粧道具が揃ってない。やむを得ないので鞄の中の化粧直し用パウダーでごまかし、あとはコンビニエンスストアで買って補うことにした。

「お待たせしました、出られます」

結局、九時半を過ぎてしまった。

「ここは、そこの精算機でお金を払うタイプらしいね」

入り口にある両替機のようなもので、宿泊費の精算をするのだと教えてくれる。他にも色んなパターンがあるらしい。さすがイケメン、ラブホテルにも詳しいようだ。

「あ、それでね、臨ちゃん」

「はい？」

「ごめん、僕、お金がない。身体で返そうと思ったんだけど、何にもできなくてごめんね」

ニコッと大変爽やかな笑顔で申し訳なさそうに言われたが——

「想像以上にクズだった！」

それしか言いようがない。

＊＊＊

東京から出たのにまた東京に戻る。幸い電車は復旧していたので、今日は帰りの電車をのがさないように切符を先に予約してから、メールで指定された場所へと向かった。

地下鉄を経由してたどりついたのは、都内のスタジオだ。

「今から芸能人に会うんですけど、塔ノ木さんはそういうの浮かれるほうですか？」

結局ついてきてしまった塔ノ木にそう尋ねると「なぜ？」と聞き返してきた。

「綺麗な女の人に会うんです。なんだったら紹介しますけど？」

塔ノ木くらいイケメンだったら彼女も気に入るだろうと臨は思ったが、彼は小さく首を横に振ってキッパリと宣言する。

「僕は臨ちゃん以外には興味がないけど」

「ごめん、会って一週間も経ってないのにそれは重いです」

引き気味に臨が距離を置いた。

「嫌だなあ、今まで同じ会社で隣の部署だったんだもの。会って一週間じゃないよね？」

「いや、一週間前まで顔は知っていても話すほどの仲じゃなかったですよね？　というか、私が呪術師じゃなかったら、絶対興味なかったですよね？」

「……」

塔ノ木は何も答えなかった。代わりにニッコリと綺麗に笑う。

（クズだ……！　クズがいる！）

「ほんと、知りたくなかった……異能オタクだなんて変人な中身を知らずに、ただ遠くで鑑賞だけしていたかった……！」

臨がそう喚《わめ》くと、塔ノ木はハハハと楽しげに笑った。

（この人、私といると笑ってばかりだな）

会社でもこんなに笑う人だったかと思い出してみようとしたが、隣の部署のイケメンだったとしか記憶にない。

「鑑賞ならいくらでもしてくれていいのに。一晩一緒に過ごした仲なのにつれないなあ、臨ちゃんは。僕はこの一週間で、君のことが誰よりも必要で、誰よりも好きになったのに」

「怖い！　重い！」

臨は塔ノ木から少し距離を置きながら、スタジオに入る。エントランスの受付で名前を告げると、「はい、承っております」とすんなり中に入れてくれた。

エレベーターで四階まで上がると、廊下をうろついていた女性と目が合った。彼女は臨を見た瞬間、花も綻ぶような華やかな笑顔を見せる。

「のっぞむー！」

「遥姉、マジか……」

臨の名を呼びながら駆け寄ってくる女性を見て、臨は顔を引きつらせた。なぜならその花のような笑顔と対照的にその背中にはぶわっと巨大な呪いの塊を背負っていたからだ。

「臨！　どうしてもうまくいかない！」

「まあ、そんだけ背負っていたらねぇ……」

臨は苦笑しながら姉の背中をポンポンと払う。

烏丸遥《からすまはるか》。芸名ハル。烏丸家の長女だ。二十六歳。ＣＭ女王とまではいかないが、いつもＣＭ出演数ランキングで上位をキープしている。

「え、ハル……？」

さすがに塔ノ木も知っているようだった。

「カメラがいきなり故障するし、メイクさんも突然腹痛で来られなくなるし、あり得ないピンチ！」

「そりゃ災難続きだね」

先月、呪いを昇華したばかりなのになんでこんなにワサワサしているのだろうと思いながら、手で払える呪いは払っていく。ただ、この黒くこびりついたのはやはり昇華しないと難しそうだと判断する。

「遥姉、今、オーディション受けているの？」

「うん、かなり大きいやつ」

「遥姉でほぼ決まり？」

「そうね。事務所の後押しもあるし」

遥の所属する事務所は大きく力のあるところだ。その事務所が後押しするオーディションならば、かなりのものだろう。そして、ほぼ遥に内定しているのであれば。

「恨まれているね」

しっかりこびりついているのは、遙に対する嫉妬や妬みの感情だ。しかもかなり強い。

(まったくもう……)

「少し痛い思いするかもしれないけど、なるべく弱くするから」

臨がそう言うと、遙が「うん、よろしく」と言った。

廊下だと目立つので遙の控え室に入って、姉の胸に指を触れようとしたときだった。

「待って、見たい。今からするなら見せて」

塔ノ木が臨に懇願《こんがん》してきた。絶対見逃さないという気概《きがい》に臨は小さく息を吐きながら、姉にも塔ノ木にもお互いを紹介もしていなかったなと気づいた。

「塔ノ木さん、こちら私の姉の遙です。遙姉、こちら、私の会社の塔ノ木さん」

「え、会社の人?」

遙は塔ノ木を見て、長い睫が縁どる大きな目を不思議そうにぱちくりさせた。

「ああ、この人が瑛の言ってたトーノギさんなのね」

(兄よ、どこまで家族に話すのか)

瑛から筒抜けなことに呆れつつも、二人の関係だけは正しい情報を姉に申告する。

「あのね、付き合ってないからね?」

「あれ？　でも昨日は二人で外泊したんでしょ？　お母さん、お赤飯炊いて待ってるって言ってたわよ」

ガッと頭を押さえて、臨はうつむいた。スルーどころかガッツリと母親に受け止められていたことに現実逃避したくなったが、それはあとでいいと必死で自分を宥《なだ》める。

「我が家って本当にそういう情報だけ無駄に早いのはどうかと思うし、デリカシーなさすぎでは？」

「んふふ〜」

「可愛らしくニヤニヤしないで。くそムカつく」

臨はそう言いながら立ち上がると、とりあえず塔ノ木を手招いた。昨日と同じように彼に額をつけて囁く。

「呪いあれ」

顔を離すと、直近で塔ノ木と視線がかち合った。臨が離れていくのを、綺麗な瞳が名残惜しそうに見ていた。「うっ」と臨は思わず呻いてしまう。

「ほうほう」

「何にもないからね、私たち」

「ほーぉ？　ほおほお」

ニヤニヤとしながら臨たちを見ている遙に「フクロウにでもなってしまえ」と内心毒づきながらも、臨は呼吸を整えて姉の胸に人差し指を突きつける。

そして、願うように甘く優しく囁く。

「呪われろ」

ぽうっと遙の胸の中心に黒い炎が灯る。そう簡単には消えなそうな炎を見て、臨はため息をついた。遙が悪いわけではない。芸能活動をしていると妬み嫉《そね》みを自ずと惹きつけてしまうのだろう。

「遙姉、しばらく周囲には気をつけてね」

そこで、遙の携帯が震える音がした。

「りょ。あ、ごめん。ちょっと電話入った」

遙はそう臨に断りを入れると電話に出る。どうやら仕事の電話らしい。

「はい。いつもお世話になっております。……はい、ありがとうございます！　頑張ります！」

そう言って電話を切ると、遙は花も綻《ほころ》ぶような笑みを臨に向けた。

「さっき言ってたオーディション、受かった！　やったー♪」

「おめでとう！　でも、遙姉。ほんと、気をつけてね」

遙はご機嫌だが、先ほどより少し炎が大きくなった気がする。

「わーん、私に親身なのは臨だけだよぉ！」

ぎゅっと遙が臨に抱きついてくる。マシュマロみたいにふわふわなおっぱいに包まれて、わふっとなってしまった。

「いいから、早く写真撮ってきなよ」

「うん！　じゃあ、その後ご飯でも行く？」

「ええと……」

「あ、イケメンくんも一緒で大丈夫だよ？」

臨が塔ノ木に確認すると、彼は無言で小さく頷く。

「じゃあ、時間までスタジオ見学してってよ。マネージャーには言っとく～」

遙はニコニコとご機嫌で手を振りながら控え室を出ていった。

「元気なお姉さんだね」

「今フリーらしいです。どうですか、うちの姉」

「臨ちゃん、お姉ちゃんに好きな人奪われたことあるの？」

意地の悪い質問だ。臨は苦笑いだけ返す。

「あんなに綺麗な姉ですからね。しかも子供のときから子役でテレビにも出ていましたし。

だいたい姉に惚れますよ、同級生とか」

遙には人を惹きつける魅力がある。

「そう？　僕はさっきの臨ちゃんのほうが本当に綺麗だったけどね」

塔ノ木は先刻の臨を思い出しているようで、うっとりとしていた。

あんな綺麗な遙がいるにもかかわらず、彼の視線を独占しているのが自分だということがどうにも落ちつかない。

「昨日と違う炎だったね」

「ああ、なるべくひどいことが起こらないように願いながらするとああなるんです」

「へえ」

「少しの呪いなら、それは『不運』ですむから」

昨日の男性のように階段下で泡を吹くことなど決してない。

この世には『呪い』がこんなにも溢れている。

それを烏丸家は、自分たちの力で勝手に燃やしたり弱めたりしているのだから、きっと誰かにとっては腹立たしいことだろうなと臨は思う。

「そういえば、お姉さんは呪術師じゃないの？」

「私の家は七歳のとき、呪術師になるか道を選べるんです。姉は昔から綺麗で、七歳になる前にスカウトされて芸能界にデビューしたので選びませんでした」

幼いながら、テレビに姉が出ているととても嬉しかった。

しかし、姉はテレビに出る回数が増えるにつれ、その背中に黒い影をたくさん背負うようになった。

『お姉ちゃんが死んじゃう……！』

まだ七歳にもなっていなかった臨には何もできなくて。だから余計に歯がゆくて。

「私……遙姉のために呪術師を選んだから」

本当は兄が呪術師になっていたので、臨までならなくてもよかったのだ。けれど、瑛も仕事を覚えたてで忙しくて、身内の昇華は後回しにされることが多かった。

遙が呪われることが、どうしても臨は嫌だった。

だから呪術師になった。今でもその選択に後悔はない。

「ああ、君はそうやって呪いで誰かが死ぬのを避けているんだね」

突然、塔ノ木がそんなことを言った。思わず臨は目を見張る。

「呪いの影って、きっとあのまま放置していても何かしら起こる可能性があるんだよね？　そうならないように少しの不運に逃して、呪いを和《やわ》らげたくて、呪術師になったんだね」

正確に臨の心を読んだ塔ノ木はふわりと柔らかく笑った。春の日差しのように暖かな、どこか臨を眩《まぶ》しく見つめるような瞳で。

「僕のかみさまは本当に優しい」

まるで崇拝するかのような物言いに、臨はぐったりとしてしまう。

「私、かみさまじゃない」

それだけを言い返すのが精一杯だった。

「どれ、遙姉の撮影、見に行きましょう」

塔ノ木の視線も言葉も臨には恥ずかしくて眩しくて、逃げるように控え室を出てスタジオへ向かう。塔ノ木は何も言わずに臨の後をついてきた。

スタジオの中に入ると、遙のマネージャーである相模《さがみ》が声をかけてくる。

「こんにちは、臨ちゃん。さっきまで呪われているのかってぐらいトラブル続いていたんだけど、臨ちゃんが来てくれたら遙の機嫌もよくなって、順調に撮影進んでます～」

「ははは……」

(本当に呪われていたんだけどね……)

遙の場合は逆恨みだが、どんなに小さな恨みでも塵《ちり》も積もればで、放っておいたらまずいことになっていたかもしれない。早めに対処できて幸いだった。

「あ、相模さん、ちょっとすみません」

臨はそう言いながら、相模の肩に降りかかる呪いを払い落とす。遙の仕事の調整をするにあたって、どうしても些細《ささい》な恨みを買いやすいのだろう。

「ゴミついてました」

「ああ……さっき、机の下を漁《あさ》っていたからかなあ！　ありがとう！　それと……隣の男性ってモデルさん？」

「へ？」

相模がチラチラと塔ノ木へと視線を向ける。

「いや、私の付き添いできた同じ会社の営業社員です」

「そうなの？　芸能界とか興味ないかなあ？」

「さあ、どうでしょうか」

興味があったならとっくの昔に芸能界デビューしていそうな塔ノ木を見つめていると、臨の視線に気づいたのかニコッと微笑んだ。

スタジオ内の暗い場所であったにもかかわらず、臨は思わず眩しさに目をつぶりそうになるが、それは相模も同じだったらしい。

「あのー、モデルとかご興味は？」

「ありません」

笑顔ですげなく塔ノ木は断った。一分の隙もない。ニッコリとしながらも断固として譲らないという意思が見える。しかし相模は何かしら塔ノ木に思うところがあったのだろう。珍しく更に声をかけた。

「なら、今日とか、どうでしょう？　顔出しはしませんから遙と一緒に写真に収まるチャンスと思って――」

ハルという芸能人をエサに塔ノ木を釣ろうとしているのが丸見えで、さすがにそれは臨も目に余った。会話を止めようとしたが、それよりも早く、そして強く、塔ノ木が相模に釘を刺す。

「写真って露出が激しいですよね？　僕、知らない人に肌を見せるのは嫌なんです、すみません」

「あ、そうですか……」

「それに僕が好きなのは芸能人でなくて臨ちゃんなので、ハルさんをエサにされるのは不愉快です」

相模もそこまでキッパリ言われると、さすがに引くしかないようだった。

（なんでそこで私の名前を出すかなあ……）

改めて好きだと宣言された臨は、恥ずかしくなってうつむいてしまう。

隣からくすりと笑う声に顔を上げると、塔ノ木はただ臨だけを見つめて柔らかく微笑んでいた。

「ちょっと外で休んでくるね」

塔ノ木は重い空気を払うように明るくそう言うと、スタジオから出ていく。臨も塔ノ木に続こうとすると、申し訳なさそうに相模が謝ってきてくれた。一応は反省してくれたようなので、気にしていないと軽く会釈をしてからスタジオを出た。

廊下に出てすぐに、臨は塔ノ木に謝罪する。

「ごめんね、嫌な気持ちにさせて」

「臨ちゃんは何もしてないじゃん。それに僕が強く拒絶しすぎだったかも」

「いや、嫌いなことを無理強いするのはよくないよ」

「顔なんて、ただのピースの集まりなのにね。綺麗だからってなんでも叶うわけじゃないのに……」

そう言って遠くを見る塔ノ木の顔はどこか投げやりで、彼が今までその綺麗な顔で苦労してきたことをなんとなく察してしまった。

(綺麗な人には綺麗な人なりの苦労があるんだなあ)

姉の遥のように、わけもわからぬ呪いを受けることもあるのだろう。今だって彼の美しさを妬む呪いが肩にほんのりとついている。少しの時間しかスタジオにいなかったのに、塔ノ木の美しさに気づいたのは相模だけではなかったようだ。

(ここに連れてこなきゃよかったな)

臨は塔ノ木の肩に手を触れると、優しくその呪いを払って言う。

「ごめんね。綺麗だからっていいことばかりじゃないよね」

臨は塔ノ木のような美しさを持っていない。しかし、臨にも人にはない呪術《もの》がある。他人に理解してもらえないという気持ちは十分にわかった。

「臨ちゃん……」

ガバッと塔ノ木はいきなり臨に抱きついてきた。幸い誰もいない廊下ではあったが、突然のことに臨は驚く。

「ちょ、何!?」

「僕のかみさまが優しすぎて、好きが止まらない」

「はあ?」

「なんでそんなに僕のこと思いやってくれるの？　僕、臨ちゃんに結構しつこくして気持ち悪いかもしれないのに」

「自覚あったのか……」

わかっていてやっていたと思うと、ドッと疲れがやってくる。

「でも顔がよければ大抵のことは許されるから、勢いで突っ走ってるけど、どうしよう、そんな僕のことも虫けらみたいに見ないとか、臨ちゃん、本当は天使？　天使かな？」

ブツブツと何か頭上で呟かれているが、内容が怖い。痛いくらいにぎゅうっと強く抱きしめられ、願うような塔ノ木の声が落ちてくる。

「ああ、僕、臨ちゃんに嫌われたくないなあ」

「だったら――」

（嫌われるようなことしなければいいのに！）

と言おうとした瞬間、臨は総毛立つような悪寒に見舞われた。

ドンッと強く塔ノ木を突き飛ばすと、慌ててスタジオのほうへと目を向ける。

（なに？　なんでいきなり？）

そのままスタジオへと臨は駆け出した。

「臨ちゃん!?」

驚いた塔ノ木の声も聞こえない。

そして扉を開けて、まだ撮影を続けている遙の姿を確認する。

（どうして？　今までこんなことなんて一度もなかったのに）

視界を覆う一面の黒い炎。まるで火事のようだった。

（どうして、遙姉の呪いがあんなに強く燃え上がっているの？）

臨の想像を超えることなんて、今までほとんどなかったのに、今、目前で起こっていることが信じられない。信じられないが、身体だけは動いた。

「遙姉！」

目の前で、遙の胸の炎は激しく燃え上がっていた。身体を包む強い炎は、決して遙を許そうとはしない。

（そういえばさっき、オーディション受かったって……）

もし姉以外の役者にも連絡がいっていたならば。そして、それが遙に呪いを募らせる相手だったならば――

「ああ、くそ！」

決定前とは比にならないほどの、憎しみや妬みが一気に遙に向けられたのだ。

撮影中ということもかまわず、もう一度、臨は遙を呼んだ。

「遙姉！」

臨の切迫した声に遙はすぐに異常を感じ取ってくれたが、遥の側にあった大きなライトがグラリと揺れた。誰かが電源コードにつまづいたらしい。

臨は自分の胸に手を当てて強く叫ぶ。

「呪いこい！」

ボオッと熱い炎が臨に向かって飛んでくる。

『どうして！　どうして！』

炎が叫んでいる。その炎の中で叫ぶ女の人の顔が、見たくもないのに見えた。人の恨みや悲しみは、見えても聞こえてもしんどい。臨はそれを受け止めて抱きしめる。

ライトは急に方角を変えて、臨のほうへ倒れてくる。

（そうだ、こっちにこい）

呪術師は人の呪いを昇華することができる。そして、めったにすることはないが人の呪いを肩代わりすることもできるのだ。

「やだあああ！」と子供みたいに叫ぶ声が聞こえるが、遙が悪いわけじゃない。臨が呪術の加減を間違えたのだ。これは臨の責任だ。

ガッシャアン！

目の前で激しくライトの割れる音がした。

＊＊＊

「え、年休ってそういう意味での年休だったの？」

翌日、片足を引きずって出社した臨に対し、内藤も和辻も軽く動揺していた。

「あ、たいしたことないんですけど」

「たいしたことないわけないよね。十針縫ってるんだから絶対無理しないでね」

臨を支えている塔ノ木が、かなりきつい声で言う。

昨日、臨は遙のスタジオで、ライトの破片で足を怪我した。そのまま病院に運ばれ縫われること十針。遙が泣きながら瑛に電話してくれたようで、帰りは電車ではなくN県帰りの瑛が車で迎えに来てくれた。

「お前、仕事で失敗するとか何年やってるんだ」

珍しく瑛に真顔で怒られたし、遙にも「二度と私の呪いを背負うな」と本気で怒られ、更には家に帰ってからも父にかなりきつく叱《しか》られて臨は久しぶりに泣いてしまった。

一番堪えたのは、朝早く烏丸家に来た塔ノ木がいきなり玄関に座り込むと、父たちに向かって土下座したことだ。

「僕が一緒にいながら、お嬢さんに怪我をさせてしまって本当に申し訳ありません。今日は出社すると臨さんに聞いておりました。これからできる限り送り迎えは僕にやらせてください」

塔ノ木はまったく関係ないのに、臨がやったことで謝られるのは本当にしんどい。

そんな臨の性格をよくわかっている父は「娘が治るまでしっかり送り迎えしてほしい」ときつく塔ノ木に命じていた。

人に命令するところに躊躇いがないのは、やはり烏丸家の当主だからだろうか。臨にとっては何よりもきつい罰になった。

（けど、目立ちすぎる！）

腰に手を回されて歩く姿はべたべたのカップルのようで、離してほしいと言っても絶対に塔ノ木は離してくれなかった。

今も臨の椅子を引いてくれて、恭《うやうや》しく臨を座らせてくれる。

「トイレに行きたくなったら言って。迎えに来るから」

「いやいやいや、何言ってるんですか？」

「女子トイレには入れないよー、塔ノ木君」

内藤がそう言うと、塔ノ木はニコッと微笑んで答える。

「大丈夫です。多目的トイレを使用できるように西条社長に許可をと――」

「取ってない！　取ってないし、たとえ社長がＯＫを出そうとも、私は一人でトイレに行く！」

尊厳や色んなものが失われそうで、臨はそれを死守するために声を上げる。しかし、そんな臨の言葉を気にすることもなく「じゃあ、お昼に来るから」と言い置くと塔ノ木は自分の部署に戻っていく。するとすぐに内藤と和辻が臨に色々聞いてきた。

「その怪我、塔ノ木君のせいなの？」

「違います、私の不注意です」

「でも、塔ノ木君、すごく気にしていたよね？」

「それは……その……怪我したとき塔ノ木さんも近くにいて……」

臨の足から血がたくさん出ているのを見て、遙も取り乱していたが、塔ノ木もひどく青ざめた顔で臨の側にいた。病院に行くときも手を離してくれなかったし、彼の服に血がつくと言っても絶対離さなかった。

「そっかあ、塔ノ木さんとのデート中に怪我しちゃったんだ」

和辻がうんうんと深く頷いているが、何を納得しているのか。

「いや、デート中というわけではなくて……」

「それじゃあ、責任を感じちゃうよね。まして付き合い始めだと、彼女の全部大事にしたくてたまんない時期だろうし」

「おうっ……」

臨はオットセイみたいな変な声を上げてしまった。

「えー、それって時期じゃなくない？　人によるよね？」

内藤は和辻の言葉に異議があったらしく首を傾げるが、そういう話でもない。

「別に大切にされているわけでは」

「あれで？」

二人の声が揃った。

（そうですね、あんなにつきっきりで色々されているのを、大切以外のなんと言えばいいのかわかりませんよね！）

「しばらくは周りが賑やかになりそうだねぇ」

楽しそうに和辻が言ったが、臨は全然嬉しくなかった。

（変なことにならないといいけどなあ）

重いため息が漏れたが、臨の嫌な予感はあっさりと当たることになる――

それが起きたのは、怪我が順調に回復し始めた十日後のこと。時刻は十六時過ぎ。パート時間勤務の臨には定時の時刻だった。

「烏丸さんって、塔ノ木さんと付き合っているんですか？」

臨と同じくらいか少し年上くらいの可愛らしい女の子が、突如、話しかけてきた。

何度か顔を見たことはあるので、営業部の女の子だろう。定時で帰ろうとしていた臨を呼び止めて、そんなことを彼女は尋ねてきた。

塔ノ木から珍しく「今日は残業で一緒に帰れない」と言われている。きっと彼女は彼が残業だと知っていて、臨に話しかけてきたのだろう。

「付き合ってないですね」

そう答えると、女の子はキッと臨を睨みつけた。

「なら、塔ノ木さんのこと解放してください」

(解放ときましたか)

パート社員の臨は定時が十六時だから帰るが、正社員はまだ就業時間のはずだ。

「塔ノ木さん、あなたのせいで十六時過ぎから十七時まで仕事ができなくてとても迷惑しているんです」

「それは本当に申し訳ないです」

「社長にもそうお伝えしたのに、なんであなただけ特別扱いなんですか」

「え、西条社長にも言ったんですか？」

「はい、メールでお伝えしてますから」

（すげー！）

一社員が、社長に、自分のことでもないのに業務に支障が出ていると訴えるメールを送るとは、なかなかできることではない。思わず感心してしまう。

「塔ノ木さんの業務に支障が出ることについては、烏丸家から直接西条社長に謝罪と報告をしてあります。そのうえで業務が回らないのなら、塔ノ木さんの力不足でしょう」

西条社長には父から連絡があったはずだ。塔ノ木の仕事に関して臨はノータッチなので何も知らないが、支障が出るなら彼が臨に関わらなければいいだけのことだ。

自分への罰として塔ノ木の送迎を受け入れたが、そのせいで面倒くさい状態になっていることにまで甘んじなくてはいけないのだろうか。

彼女の憎しみがぶわっと臨に向かってくる。呪いとしても可愛らしいそれに、臨は申し訳ないが水を差す。戦う相手を見誤るな、という牽制とともに。

「もう一度言いますけど、烏丸の家から西条社長に頼んで塔ノ木さんに送迎してもらっているんです。わかりますか？　私の実家はそういうことを西条社長に頼める位置にあるんです。その意味、わかりますか？」

権力は最大限笠に着る。可哀想に女の子はわかりやすく顔を青ざめさせた。

「え、縁故《えんこ》なんてずるい！」

ここでその台詞しか出ないのが可愛いなあと、臨は鼻で笑ってしまう。もう少し頑張ってほしいが、善良な一般市民ならこんなものだろう。

「直接、塔ノ木さんに言ったほうがいいですよ。私にはどうしようもできないので。あと、私は帰宅時間ですけど、あなたはまだ就業中ではありませんか？」

「最低！」

女の子は顔を真っ赤にして戻っていった。呪いの一つでも残していけばいいのに、彼女は怒りを見せただけだった。根は単純なのだろう。本当に可愛らしい。

世の中には、もっと自分勝手で、いやらしくて、どうしようもない奴がたくさんいるのに。

さて帰ろうかときびすを返した瞬間、臨は曲がり角からひょこりと頭を出した人と視線が合った。キラキラした目で臨を見ている。

「と、塔ノ木さん、何してるんですか」

いや、聞かなくてもわかる。

（全部、見てた。この人、今の私、全部見ていた！）

臨はカアアアッと頭のてっぺんまで赤くなった気がした。

「すごい格好よかった、臨ちゃん……！」

「仕事はどうしたんですか？」

「思ったより早く終わったから、フレックスで帰ることにしたんだ」

「本当に営業トップなの!?　うちの会社大丈夫なの！」

「ハハハ、やだなあ。時間の使い方次第だよ、こんなの」

「塔ノ木さんが恨まれる理由がよくわかった……」

臨は塔ノ木の肩の影をパタパタと払う。彼にいつも影がまとわりついている理由の一片がわかった気がする。

「さっきの臨ちゃん、ラスボス感半端なくてゾクゾクしちゃった……！」

「……っ！」

やはり全部見ていたのだ。こういうとき、物語のヒーローなら颯爽と助けに現れるものではないだろうか。顔だけはTL小説のヒーローのようなのに、残念ながら塔ノ木には助けるという選択肢はなかったらしい。

「臨ちゃん、なんでそんな残念な生き物を見る目で僕を見るの？　僕のことをそういう目で見るのなんて、臨ちゃんぐらいだよね！」

「嬉しそうに言われても、私がドン引くだけですが！」

「とにかく、帰ろう」

「もう一人で帰れますんで……」

「駄目だよ、治るまでは絶対僕が送る。今日はさっきのお詫びの意味も込めて、夕飯ご馳走するよ！」

塔ノ木は断固とした意思の強さを見せつつ、珍しくそんな提案をしてきた。貧乏暇なしのはずなのに、今日は暇だけでなく金もあるようだった。オンボロ軽自動車にエスコートされて、すでに乗り慣れてしまった助手席に座ると自社ビルから強い視線が向けられるのを感じた。目を向ければ、先ほどの女の子が臨をすさまじい目で睨んでいる。

（まだ就業時間中なんだから仕事をしろって）

塔ノ木といい、あの女の子といい、この会社は大丈夫なのだろうか。

「なんか呪いそうな勢いで睨んできているけど、呪わないの？」

塔ノ木にも丸わかりなのに睨んでくるところが可愛すぎると思いながら、臨は彼の問いに答える。

「呪術師四戒で禁じられてるんですよ」

「よんかい？」

「ひとつ、呪術師は自分のために呪ってはならない
ひとつ、呪術師は老いた者を呪ってはならない
ひとつ、呪術師は無垢な者を呪ってはならない
ひとつ、呪術師は愛する者を呪ってはならない」

臨は四戒をそらんじる。

「この、自分のためってのに反するから駄目なんです」

「なるほど、自分に向けられた呪いはどうにもできないんだ」

「そもそも呪術師は呪えませんから」

「そうなの？」

「どんなに憎んでも憎まれても、呪術師である限り誰の呪いも受けません。そういう人間なんです」

「うわあ……本当に格好いいね……！」

塔ノ木のオタク心をビンビンに刺激してしまったらしい。

「その四戒って破るとどうなるの？」

車を発進させながら塔ノ木が聞いてくる。

「別に何も罰はないんですけど。兄や父も何個かは破ってると思いますし」

誰かの呪いの矛先が老人に向けられていることもある。ただ、死に直結しやすい老人を呪術師が呪うのは殺すに等しい。だから四戒に組み込まれているのだと、父に言われたことがある。幸いにというか、父と瑛が過保護なせいか、四戒に抵触する仕事を臨が割り振られたことはない。

「え、じゃあ、なんで？」

「たぶん……破り続けていくと、人じゃなくなっていくんだと思います」

「え？」

「前を見てください！」

「あ、ごめん」

運転中によそ見をする塔ノ木を叱責《しっせき》しながら、臨は説明する。

「この力を使うことで、私たち呪術師が社会的に不利になることなんて一つもないんですよ。人を殺したって警察が捕まえることは不可能ですから。そういう力を死ぬまで持ち続けるってことは、どんどん人間としておかしくなっていくのかなあ……と思います」

（だから四戒で、自分を人間として踏み留めているのではないかって……）

父も瑛も普段は普通だが、一緒に仕事をしているとき、たまにヒヤリとすることが何度かある。

臨よりずっと長い間、呪術師として影まみれの世界を見ている人たちだ。狂わずに生きていくことは、たぶん臨が思う以上に難しい。

その細く黒い道を踏み外すことなく歩いていく様を、臨は二人の背中を追いながら今学んでいるところだ。

「烏丸家の呪術師が二十五歳までに子供を一人生まなきゃならないってのは、そういうことにも関係していると思ってます。自分の子供がいることで、ギリギリ道を踏み外さないように踏みとどまれるというか……」

「臨ちゃんって……たまに思うけど、すごい人生を送っているよね」

しみじみと感じ入ったように塔ノ木に言われて、臨はくすっと笑ってしまった。

「そういう道を選んだのは私なんで、特に後悔はないです」

「あと、僕に呪術師について話しまくりだと思うんだけど、それって大丈夫なの？」

「だって、塔ノ木さん、誰にも言いませんよね？」

「言わないけど」

「こんなこと言っても、信じてくれる時代でも世間でもないですし。それに、もし厄介なことになったら塔ノ木さんのことを呪えばいいかなと思ってるし」

ニコッと笑って塔ノ木を見た瞬間、ゾクリと背中が粟立つのを感じた。

塔ノ木が車を停めて、うっとりとした目で臨を見ていたからだ。

「ああ、臨ちゃんに僕が呪われるなんて、そんなこと……」

しっとりと潤んだ美しい瞳が臨を捉えた。塔ノ木のヒヤリとした指先が臨の頬をなぞり、そのまま唇に触れてふにっと押してくる。壮絶な美しさに呑まれて、臨は身動きもできず固まってしまう。

「この唇で、『呪われろ』って囁いてくれたら、僕は嬉しくて死んでしまうかも」

「こわっ！」

バリッと塔ノ木の手を引き離して、そのまま助手席の窓際まで後退《あとじさ》った。

(このオタク、ド変態な上に、ドMとか質が悪すぎる！)

「天地がひっくり返っても絶対塔ノ木さんだけは呪わないから！」

「えー、臨ちゃんにしか呪ってもらいたくないのにぃ」

「それより、ここどこですか！」

てっきり行き先はファミリーレストランだと思ったのに、塔ノ木が停車したのはどこかのアパートの駐車場だった。しかも随分オンボロな二階建てアパートである。

管理人が杜撰《ずさん》なのか、周囲は草がボーボーだし、空き家らしき二階の奥は窓ガラスが割れているのかガムテープで補強がされている。今時なかなかここまでひどい住まいはないのではないだろうか。

「ご馳走してくれるんじゃなかったんですか？」

「もちろん、ご馳走するよ～」

塔ノ木はけろっとした表情で言うと車から降りる。周囲はこのオンボロアパートと団地だけで、飲食店などないのに、どこへ行くというのだろう。

「どこでご飯食べるんですか？」

「ん、僕んち」

「はい？」

塔ノ木が助手席のドアを開けて綺麗なエスコートをするものだから、臨は思わず車から降りてしまう。そのままオンボロアパートへと誘われ、一階の真ん中の部屋に案内された。

錆《さ》びついて塗装もハゲている扉は、塔ノ木が手に持つ鍵でカチャリと開く。

「え」

「外で食べるお金はなくてさ～」

「はい？」

「ご飯作るから食べてって♪」

「だったら、私が払うっつうの！」

靴を脱いで、きゅるんと振り返った塔ノ木に、全力で臨が叫んだのは間違っていないはずだ。

「まあまあ、遠慮せずにあがってあがって」

「遠慮とかそういう以前の問題なんですけど」

ぐいぐいと背中を押されて、結局、塔ノ木の家の中に入ってしまう。

「すぐできるからね～」

黄色のエプロンを着けて、塔ノ木はいそいそと料理の支度を始めた。

台所からジャーッと炒める音が耳に届き、食欲をそそる香りが鼻腔をくすぐる。小さな洗面所で手洗いとうがいをした臨は、手持ち無沙汰にワンルームの部屋に座り込む。

（か、帰りたい……！）

居心地が悪いとはまさにこのことだ。ちらりと右を見ると、壁の隅で丸い目の絵が描かれた風船が臨を睨んでいる。目を逸らして左を見ると、水晶の玉が転がっていた。

（もっとイケメンの部屋って、アートな写真や、いい匂いのする芳香剤が玄関におしゃれに飾ってあって、革張りソファーとローテーブルだと思っていた……）

しかし現実は、玄関に盛り塩が置かれ、壁には目がついたピラミッドのマークが飾られている。ソファーとローテーブルではなく座布団とちゃぶ台だった。あげくに『超常現象ファイル』と書かれた表紙の古い雑誌や、超能力開発カードが棚に入っている。

臨の目はわかりやすく死んだ魚の目になっていた。

「おまたせ～！」

塔ノ木が運んできた白い皿には、魚肉ソーセージともやしの炒め物が美味しそうに盛りつけられていた。短時間で随分手際よく調理されていた。

「今日は奮発して、お味噌汁《みそしる》も用意したよ！」

同じくもやしの味噌汁を出されて、臨は思わず財布の中身を出しそうになった。

「これね、賞味期限が短いから半額だったチューハイ。どうぞ！」

(ごめんなさい、お母さん。お歳暮でもらったビールが飲みきれないし邪魔になるなんて言って本当にごめんなさい)

今度からお歳暮の残りは、塔ノ木の家に分けてあげようと心に誓う。

「いただきます……」

手を合わせてからご飯をいただく。

温かいご飯には米だけではなく押し麦も入っていた。

「この押し麦は、健康のためですか？」

「白米だけだと高いからね！」

（もっと贅沢できるはずなのに、なんでこの人、こんなにお金がないんだ……！）

あまりにも慎ましやかな食卓に同情を禁じ得ない。

「というか、本当に何にお金使っているんですか。このアパートだって安いですよね」

ここまで節制する理由は何なのか、聞いてみる。塔ノ木の手首にある水晶の数珠が視界にうるさいが。

「ん〜、実家に仕送りしたり、通販で色々買ったりしているからかなあ？」

「ご実家の仕送りは偉いと思いますけど、待って、通販？」

「うん。そのお箸、通販で買ったんだけど、水晶でできているんだ」

得意げに塔ノ木がお箸について説明し始める。

「水晶のパワーを体内に取り込むと、異能の力が日覚めるって聞いて」

「水晶パワーより、豚肉パワーのほうがよほど人間の身体には有意義だと思うのだが？」

「このお味噌汁のお椀《わん》も、霊木から作られたお椀で……」

「お椀なら百円ショップで十分だよ……！　お味噌汁の具、一品増やそう？」

悲しくないのに涙が出てきそうになった。

「塔ノ木さんは色々できるのに、なんで異能やら超能力やらに興味があるんですか」

魚肉ソーセージを摘まみながら問いかけると、塔ノ木は苦笑いを浮かべた。

「人間の力が及ばないものに、昔から興味があるんだよね」

「まあ、そういう類の人もいるとは思いますけど、ご飯とか住むところに影響するほど買っちゃうのはどうかと思いますが……」

「うーん、気をつけようとは思うんだけど、つい、ね」

つい、で、これでは本当に心配だ。

「もし僕に空が飛べたならとか、人の心が読めたならとか、そういう空想をするのが昔から好きだったんだよねぇ」

懐かしそうに過去へと思いを馳《は》せる塔ノ木は、きっと夢見がちな少年だったのだろう。

それ自体は決して悪いことではない。悪いことではないのだが――

「このもやし炒め、無駄に美味しいですけど……肉入りのが食べたかった……」

豚肉が入っていたら絶対もっと美味しかったはずだ。

「じゃあ、臨ちゃんが今度来たときは、豚肉のもやし炒めにするね！」

「もやし以外の野菜も食べさせて！」

「えっと……豆苗《とうみょう》とかなら……」

「そうですね、そこに二回目の豆苗が生い茂《しげ》ってますものね。食べて！　伸ばしてたくさん食べようとしないで、ある程度伸びたら、二回目の豆苗も食べて！」

窓際でわっさわさと伸びている緑の葉っぱが観葉植物ではないことはわかっていた。安価で買えるうえに、茎《くき》を水平に切った根の部分を容器に入れて水に浸して日当たりのいい場所に置くだけで二回目の収穫ができる豆苗だ。

(塔ノ木さんの家、生活感が半端ない。すごく半端ない……！)

「あの……その台所用のスリッパは……」

「Tシャツを刻んで作った布糸で編んだ布草履《ぬのぞうり》だよ」

「スキルが無駄にすごい……！」

さすが営業部のトップだけあって、多岐万能選手である。だが、残念感が半端ない。

涙の夕食を終えても、まだ十八時を少し過ぎたくらいで、ちょうど道路が混む時間だったので、二人でまったりと神経衰弱をすることにした。

なにゆえ、神経衰弱なのか——塔ノ木の家にはテレビがなかったのだ。

会社から持ち帰っているノートパソコンがあると言われたが、会社のパソコンで動画配信を見るわけにもいかない。

(なんだかここまで徹底していると、たとえ施しと言われようが、お兄ちゃんのノートパソコンを塔ノ木さんにお下がりしたくなるわ……)

余暇を楽しむためのグッズがトランプしかないのは、あまりにも悲しすぎた。

「本当にお金の使い方、よく考えよう？」

臨が真顔で塔ノ木に言うと、さすがに堪えたのか「うん……」と塔ノ木は頷いた。

そして神経衰弱をすること、二回。全て塔ノ木が勝った。しかも二十枚以上の大差だ。

「なんなの？　あり得ない！　どうして一度めくったカードの位置、忘れないの？」

「臨ちゃんは可愛いね。いつも隣のカードをめくっちゃう」

くすくすと楽しそうに塔ノ木が笑う。

「別の！　別のゲームしよう！　ババ抜き！」

「二人だと必然的にどちらがババを持っているかわかるんだけど」

「あ」

素で失言した臨に「ぷっ」と塔ノ木が吹き出した。

「臨ちゃん、抜けてるよね」

「もー！」

あまりに腹立たしくて、叩くことはないが手を振り上げた瞬間、足の重心がずれたせいで左足に少し重みがかかってしまう。

「痛っ」

慌てて身体の重心を移動する。まだ抜糸前なので大分治ってきたが引きつるのだ。足の怪我が痛むのだと気づいた塔ノ木が心配そうに臨を見る。

「臨ちゃん、大丈夫？」

「あ、大丈夫です」

「足、伸ばしておかないと駄目だよ」

「いや、でも……」

塔ノ木は側まで来ると臨を抱き上げて、自分の膝の上に横抱きにして座らせた。

「ちょ、ええ？」

「これなら足、伸ばせるよね」

「伸ばせるけど、ゲームできませんが」

「じゃ、いちゃいちゃしよう」

「すごいな、何の脈略もなくそういう展開に移せるの……」

驚くよりも感心してしまう。神経衰弱の後にいちゃいちゃタイムだなんて誰が思うだろうか。

「独身男性の家に上がって何もないと思っていた？」

塔ノ木が少し不安そうに臨を見つめてきた。

「この前も思ったけど、俺のこと、もしかして男と思っていない？」

ドキッとした。いつも『僕』と自称しているのに、いきなり『俺』と変えられて、塔ノ木の仮面がずるりと落ちたように思えた。

「いや、そういうわけではなく……」

ごにょごにょとはっきりしない言い方になって、うつむいてしまう。

抱きかかえられて、それで異性として意識しないというのはさすがに無理だ。

「臨ちゃん……僕のかみさま……」

うつむいた臨の頭に、塔ノ木がコツンと頭を寄せてくる。そうすると、思ったよりも大きい塔ノ木の身体にすっぽり包まれてしまう。嫌悪感はまったくない。

「好きだけじゃたりない。愛しているよりも深い」

熱烈な告白は、そこが安普請《やすぶしん》のオンボロアパートだということを差し引いても、おつりがくるくらい強烈で。

「いや、それって――」

(私が呪術師だからでしょ……)

文句の一つも言えたらいいのに、かち合った視線の先で、何よりも強く感じ取ったものは塔ノ木が臨に向ける深すぎる愛情だった。

どんなに鈍くとも、その瞳が真摯《しんし》に臨だけを見つめていることは、否応なしにわかってしまう。

綺麗な顔がくしゃりと歪むと、歪んだ分だけ人間らしく、より好ましいものに見えた。

作り物ではない生きている人間がそこにいた。

塔ノ木は喉奥から声を絞り出すように、また、一生を捧げるような真摯な声の強さで、臨に乞う。

「お願いだから、僕を愛して」

だから男の家に簡単に上がるもんじゃないという瑛の声が聞こえた気がしたし、お前は甘いって父の叱責も聞こえた気がした。

それでも、臨は逃げる意思を表す間もなく――

「んっ……」

「ふふ、初めてのキスは僕の部屋だね」

うっとりと臨を見下ろす美しい人に、簡単に絡め取られてしまった。

# 3　かみさまは隣にいる

　足の抜糸を終えた頃、会社ではすっかり塔ノ木と臨は交際しているという認識をされてしまった。

「呪われろ」

　臨がそう言うと、西条の胸の真ん中にボウッと小さな黒い炎が浮かび上がる。

「おー、今週もありがとうねぇ」

　いつもの踊り場で西条に礼を言われた。

「そう思うんならもう少し呪われない生活送ってくださいよ……」

　ぐったりしつつ臨は言い返す。消しても消しても、西条の呪いは積もっていく。社長という仕事の大変さを改めて臨は実感した。

「臨ちゃんがいて助かるよ。俺にとっては臨ちゃんがいないと会社生活が成り立たないかなあ。ほんと、うちの息子の嫁になってほしかった」

ガックリとわざとらしく西条は項垂《うなだ》れるが、彼の子供は十六歳の男子高校生だ。

「十六歳から見たら二十過ぎなんておばちゃんでしょ」

「臨ちゃんは本当に自分をわかってないよなあ……」

西条は残念なものを見るような目を臨に向ける。最近、そういう目で色んな人に見られているのは気のせいだと思いたい。

「塔ノ木君とも、結局流されて付き合うようになったんでしょう？」

「流されてって言わないでくれます？　私が押されたら、すぐ流れてくみたいじゃないですか」

「いや、実際にそうだよね？」

じとっと見る西条から、臨はフイと視線を逸らした。否定できないところが辛い。

「き、貴重なんですよ。私の仕事をわかった上で慕ってくれる人っていうのは」

「うちの息子だってそうだけど」

「私、二十五歳までに子供を産まないとならないんです！　あと二年経っても西条社長の息子さんは高校生ですよ！」

「十八歳になったら結婚できるじゃーん」

「何が悲しくて七つも年上の女性と高校生が結婚しなければならないんですか」

はぁと呆れたようにため息を吐く臨を見ながら、西条はボソリと呟く。

「本当、うちの坊ちゃんにはしばらく言えないよ……」

「一人息子を烏丸の婿にはさせられないでしょうに、たまに変なことを言うなあ、西条社長は」

「まあ、塔ノ木君と順調ならいいけど、もし彼が臨ちゃんのこと弄《もてあそ》んだらすぐ飛ばしてあげるから安心してね！」

西条はニコッと笑って親指で首をスゥッと切るジェスチャーをする。

「それ、出向させるジェスチャーじゃないんですけど？　そもそも社長が私情で社員をクビにするのはまずいと思うんですけど？」

「いやいや、会社としては必要な社員のほうを取るよね？」

「営業部のエースと、ほとんど何もしないポンコツ社員を天秤に掛けて、ポンコツ社員が勝つ会社、怖い！」

「勤続十年たらずでエースになる人材もなかなかいないけど、他に代わりのいない臨ちゃんとは比べるまでもなくだからなあ」

呪術師に対する高い評価に感謝する前に、勤続十年たらずという言葉に臨は引っかかりを覚えた。

「あれ？　大卒なら五年じゃ？」

「ああ、塔ノ木君、高卒なんだよ」

「ええっ！」

ビックリして思わず声を出してしまう。塔ノ木のことだから、いい大学を卒業しているとばかり思っていた。

「根っからの叩き上げであそこまで育ったんだから、それはそれですごいんだけどね」

西条もそこは高く評価しているのだろう。確かに何も知らぬまま社会人になって、十年たらずでチーフまで駆け上がるのはなかなかできることではないが——。

「勤続十年……なのに貧乏……」

本格的に塔ノ木の金銭感覚をしっかりさせないと駄目ではないだろうか。十年も働いているのに、あの貧乏アパートはまずい気がした。

「この会社の高卒の給料ってそんなに低いんですか？」

「まさか。営業は大卒・高卒関係なく、歩合制の色合いが濃いからね。臨ちゃんの倍は給料をもらっているはずだよ。彼、チーフだし」

「ですよねぇ」

西条は優秀な社員は率先して昇格させていくし、人事部にはヘッドハンティングも積極的にするよう指示している。その反面、使えない社員には容赦がないので、その点が呪われやすいところでもあるのだが。塔ノ木はそんな西条に顔と名前を覚えてられているほどの社員なのに、色々と残念すぎる。

「じゃあ、そろそろ戻りますね」

「ああ、ありがとうね」

西条と別れて階段を降りる途中で、携帯にメッセージが入る。塔ノ木からだ。

『取引先に飲みに誘われたので、今晩会えないよ～』

「いや、約束してないし」

思わず携帯に向かって返事をしてしまう。

抜糸とともに臨の送迎はもう終わっているのに、塔ノ木はこうして毎日メッセージを送ってくる。だいたい『仕事で会えない』という、会う約束もしてないのに会えないことを残念がるメッセージなのが怖い。塔ノ木の中では、臨の定時後の時間は全て彼との約束で埋まっているつもりなのだろうか。

あのキス以来、二回くらいしか会っていない。その二回ともキス……はしているが、それでもまだ、一応は清い関係だと臨は思っている。

『お仕事、頑張ってください』

そう返事を送ってすぐにメッセージが入る。即レスなんて塔ノ木は暇なのかと思いながら確認すると瑛からだった。

『すまん、失敗して怪我した。今日の仕事、頼めるか？』

「あれ、珍しい」

瑛が失敗することはめったにない。

『怪我、大丈夫なの？』

『大丈夫だけど、仕事代わって』

『了解』

瑛から送られてきた仕事の詳細には【依頼種別：攻】と書かれている。

ちょっと面倒くさそうだなと思いながら、液晶画面を消した。

＊＊＊

夜の七時。臨はネオンの明かりが眩しいキャバクラの前にいた。

「あれ、瑛ちゃんじゃねえの？」

日焼けサロンで焼いたと思われる小麦色の肌に顎《あご》ひげがワイルドな男性は、臨を見るなり意外そうな顔をする。

「すみません。ちょっと兄は怪我しちゃいまして」

「あんたが妹ちゃんか。へー。そうかぁ、ついにこっちか！」

こっちがどっちかは知らないが、瑛が担当する案件を臨が代わりにやることはめったにないため、仕事先に兄の顔見知りがいるとは思わなかった。

「だったら、バーテンじゃなくてキャストで入って」

「え」

思いも寄らない言葉に臨が顔を引きつらせると、顎ひげの男性はニヤリと人の悪い笑みを浮かべた。彼はこの店のマスターのようだ。

「烏丸の宝姫なんでしょ？　せっかくだから着飾らせたい」

（宝姫とは……）

「おーい、さくらぁ。この子、適当に着飾って。で、例の客が来たらお前のヘルプにつかせて」

「はぁい〜」

奥からひょこりと顔を出した女性は、たわわな胸の綺麗な人だった。

「よろしくね」

「あ、はい」

臨はわけもわからぬまま店の奥に連れていかれ、化粧をされ着替えさせられた。

「うーん、ちょっとお胸のところ余っちゃうからパッド入れようね」

「ははははは」

マスターの趣味なのだろう。さくらだけでなく、この店の女性はうらやましいくらい素晴らしく胸のボリュームがあった。臨は自分の胸を見る。ぺたんこというほどではないが、このお店で勤めるには明らかにふくらみがたりないのだろう。もりもりに盛られたパッドがひどくむなしい。谷間がきゅうっとなっているのを上から見るのは目新しくてよかったが、さくらの横では富士山と砂場の砂山ぐらい違いすぎて悲しくなってくる。

しかも化粧をしてもキラキラしない地味顔だ。

「おー、可愛い可愛い、七五三みたいだなあ！」

マスターは顎ひげを触りながら、うひゃひゃひゃと笑って臨に肩を寄せて写真を撮った。

「瑛ちゃんに送っとくー」

「やめてください……」

死んだ魚のような目をして写る臨のキャスト姿を見て、瑛はさぞ大笑いすることだろう。

「他の接客もするか？　するならバイト代はずむけど」

「いや、私のこの格好で話したいお客様っていらっしゃいますかねぇ？」

マスターはキラキラした赤紫色のドレス姿の臨を上から下まで眺めてから言う。

「んー、うちの客にはいないな！　けど、これがたまらなくツボな奴もいるかもしれない」

「かもしれないですか、ははははは」

臨は自分をきちんと自己評価できる女なので、それくらい気にはしない。

「三十過ぎたら別の意味で需要きそうだから、三十過ぎたらおいで」

「はあ……？」

どういう意味で来るのかわからないが、臨は頷いておいた。

開店すると二十時を過ぎたあたりから、客が次々に入ってくる。臨は目立たない隅に立って、それをぼんやりと観察した。

（影、濃いなぁ～……）

影を背負う人は様々だ。キャストの女性や客の中には、呪いが濃い人もいる。自己主張の強い呪いは、周囲にまで呪いをまき散らす。

臨がふわふわと空中を彷徨《さまよ》う呪いを手で払うと、呪いの背景がうっすらと透けて見えてくる。会社で部下に当たっている人、配偶者にモラハラをしている人、本当に色々だ。かと思えば、今時珍しいくらい本当に何にもついていないまっさらな人もいる。

二十二時になる少し前になって、マスターがポンポンと臨の肩を叩いた。どうやら本日の対象者が来たらしい。

「さくらぁ、来たぞお！」

四十過ぎぐらいの男は入ってくるなり、それなりに大きな音量で音楽を流している店内にがなり声を響かせた。

「いらっしゃい、戸田《とだ》さぁん〜」

さくらが戸田へ駆け寄る。部下らしき人を連れている戸田はこの店の常連らしい。臨は連れの三人の男性に目を向けて、瑛が怪我をしたという話が嘘だと気がついた。

（あんのクソ兄貴……！）

戸田が連れの一人は自分の部下、もう二人は取引先だとさくらに大声で説明している。その取引先がお約束すぎた。

（塔ノ木さんかよ！）

臨は昼に塔ノ木からメッセージが来たすぐ後に、瑛からメッセージが来ていたことを思い出す。瑛のことだ、塔ノ木が対象者と接触している場に居合わせたのだろう。

（あー、すごい極悪な笑みを浮かべた兄が想像つくわー）

瑛の思惑は見当もつかないが、ろくなものではないことだけは確かだ。

「今日、新人がいるんでヘルプにつけていいかな～？」

「ああ、いいぜぇ！」

さくらが臨を呼ぶ。

「いも～！」

「もっと違う名前はなかったのか！」

烏丸瑛の妹だから「いも」なのだろうが雑すぎる。

「こんばんはー、みんなのピュアっ子妹のいもでーす！」

臨は両頬に人差し指を当てて、馬鹿っぽく登場した。

「なんだ、この店の子にしては貧相だな！」

戸田は臨を嘗《な》め回すように見て言う。その隣であんぐりと口を開けている塔ノ木の顔はかなりレアだ。幸いというか、塔ノ木の横に座る同じ営業部の男性は、臨も顔を知らない新入社員だった。店内は暗いし、きっと気づかれないだろう。

口を開けたままの塔ノ木には完全にバレているが。

「真ん中失礼しまーす！」

塔ノ木と戸田の間に無理やり入ると「コスプレ好きにもほどがあるのでは？」と隣から囁かれる。どうしてこの姿をコスプレと言うのか。キャストと言ってほしいものである。

だが、その後に続いた塔ノ木のぼやきに衝撃を受けた。

「焼き芋の格好なんて、どういうことなの……」

塔ノ木の目には、キャスト姿の臨は焼き芋に見えるらしい。

（よりによって芋……！　人間ですらない）

戸田に向けてニコニコ笑ってみせるが、臨は恥辱で帰りたくて仕方がなかった。それを必死に堪えて、さくらと臨の間に戸田をサンドしたまま、人生初のキャスト役に徹する。

「なんだ、芋は水割りの作り方も知らないのか」

戸田は意外なことに親切なおじさんだった。臨が塔ノ木たちのお酒を作っていると、作り方をきちんと教えてくれたのだ。

「戸田さん、いい人ですね！」

「ガハハハ、だろう？」

声は大きく、言葉使いはひどく乱暴だ。しかし、人情味はありそうだった。

（ああ、なんだかなあ……）

依頼書を読んだときからなんとなく嫌な予感はしたのだが、それは当たっていそうだ。

今回の依頼は、モラハラ案件だ。戸田の厳しい物言いで、鬱《うつ》になって会社を辞めた男性からの依頼で、少しでも同じ目に遇わせたいという話だった。退職金も貯めていたお金もつぎ込むほど男性の恨みは深かった。

(本当は自分の再起のためにお金を使ったほうがいいと思うんだけどね……)

復讐したいという気持ちに抗えなかったのだろう。

あくまで臨の主観ではあるが、戸田は口が悪いおじさんといった印象だ。臨は気にならないが、戸田の小馬鹿にした物言いを受け入れられない人も確かにいるだろう。この仕事をしていると、相性の奇縁というものをしみじみ実感せざるを得ない。

「僕にもおかわりくれませんか」

左から低い声でそう言われて、ゾクリとする。恐る恐るそちらを見れば、塔ノ木の目が全然笑っていなかった。

「は、はい、どうぞ」

新しく水割りを作って渡すと、塔ノ木はそれを一気に呷《あお》った。

「ちょっ……」

「おー、塔ノ木君、飲みっぷりがいいなあ!」

「ありがとうございます。もう一杯、芋さん、くださいね？」

「は、はあい」

こわごわとグラスを受け取ると、臨の手を塔ノ木が握り込んできた。

「ひえ」

「おいおい、塔ノ木君はこういう芋っぽいのが好きなのか？」

戸田がゲラゲラ笑いながら揶揄ってくるが、塔ノ木は臨の手を離さない。

「そうですね、嫌いではないです」

「そんなガリガリより、さくらのパイオツのほうがいいぞぉ！」

下品な物言いをさくらにサラリと受け流されながら、戸田はさりげなく塔ノ木の手を摑んで離してくれる。

(気遣いがわかりづらい……)

臨が怯えないように気を遣っているのは、その視線でわかった。さくらを引き合いには出したが、臨があまり慣れてないのを察して、塔ノ木に注意しているのだろう。

(あー、もう、やりづらいなあ！)

いっそのこと、ろくでもないなら全部まんべんなくろくでもなければいいのに、人間の善悪は対象次第で簡単に反転する。

誰かにとっては悪人でも、誰かにとっては善人だったりするのだ。

（ええい、ままよ！）

臨は戸田のほうへ向き直って胸に飛び込んだ。

「お気遣いありがとうございます、戸田さん！」

「おおっ!?」

戸田は驚いて、だが嬉しそうに笑う。その瞬間、臨は彼の胸に手を当てて「呪われろ」と小さく囁いた。ボウッと大きな黒い炎が戸田の胸に宿る。

「ガハハハ、芋、だめだ、だめだ。俺はさくらだけだからな！」

戸田は臨を塔ノ木のほうへと押しやるが、彼に寄りかかるほどは押さない。そちらに倒れたら、臨を気に入っている塔ノ木がべたべたと触るかもしれないと思ったのだろう。

（無駄に優しいおじさんは本当に困るなあ……）

そのあと、たっぷり二時間ほど豪遊して、戸田たちは帰っていった。

塔ノ木と目を合わせない臨の横顔に、二時間ずっと彼の視線が刺さり続けてとても恐ろしかった。

仕事を終えた臨が挨拶をして帰ろうとすると、マスターがニヤニヤしながらコソリと耳打ちする。

「戸田さんの連れてきた若い兄ちゃん、知り合いでしょ？」

「な、な、なんで、わかったんです……？」

「すごい目で芋のこと見てたから♪」

恐ろしすぎて愛想笑いもできなかった。

（今日はタクシーで帰ろう……疲れた……）

電車で帰るほどの余力はない。着替えて裏口から出ると――。

「臨ちゃん、待ってたよ」

帰ったはずの塔ノ木が臨を待っていた。

臨は絶体絶命のピンチに慄く。

（ちょ、私、悪くないよね？）

臨の仕事はこういうものなのだから、仕方ないはずだ。塔ノ木に見せたくて見せたわけでもないのに、どうして彼は怒っているのか。

「臨ちゃん」

ニコッと微笑んだ顔はいつもと同じように見えたが、全然目が笑っていなかった。

「初めてのHは、ラブホテルか、俺の部屋か、臨ちゃんの家」

「――は？」

「選んで」

なぜいきなり初Hの場所を選ばされているのかさっぱりわからないが、否と言わせない雰囲気をまとう塔ノ木に気圧《けお》されてしまう。

「初めてのHってもう少し、ロマンチックな場所がいいなあ……？」

「ここで青姦にする？」

「ラブホ！　ラブホでいいです！」

塔ノ木のあの壁の薄いアパートは耐えられないし、臨の家はそもそも隣が瑛の部屋だ。勘弁しろとしか言いようがないし、青姦《あおかん》とやらは未知の世界というより、わいせつ罪で捕まるはずだ。

臨は残念すぎる選択肢の中から、消去法で一番ましなものを選ぶ。

塔ノ木は臨の腕を掴むとズンズンと道を歩いていく。飲み屋街の裏にはホテル街がある。

「と、と、塔ノ木さん！」

小声で塔ノ木を止めようとするがまったく聞き入れてくれず、小綺麗そうなホテルに臨を引っ張って入っていく。臨がオロオロしているうちに部屋を選び、エレベーターに乗り込んだ。

「さ、最近はラブホテル女子会っていうのもあるらしいですね！」

なんとか場を和ませようとしたが、和むものなどなかった。

「俺はハメに来たけどね」

「ふえん、怖いって！」

いつもの可愛らしい『僕』という言い方がすっかり消えてしまっている。

エレベーターを降り部屋につくと、塔ノ木はガチャリと扉を開けて臨を押し込む。

荷物は取り上げられソファーに投げ捨てられて、トサリとベッドに押し倒されてしまう。

その間、わずか十五秒。入室してすぐだ。

「ここここ、こここここ」

「鶏《にわとり》？」

「ちゃ、ちゃうちゃう！」

「犬？」

「ままま、まままっ」

「お前がママになるんだよ？」

(何言ってんの、このひと――――！)

塔ノ木は半泣きの臨を見下ろす姿勢のまま「ふぅ〜」と長いため息を漏らした。

「仕事だってことはわかっているんだけど……」

「あ、はい」

「やっぱ、好きな女の子がおっぱい見えそうな格好で、エロおやじにしなだれている姿を見るのは、僕でも堪える」

「私も本意ではなかったし、どうして塔ノ木さんがいたのかはどう考えても私の兄のせいなんですけどね？」

必死に弁明すると、塔ノ木は臨にちゅっとキスをする。これで四回目のキスだ。数えている臨も臨だが、なんだかつい数えてしまうのだから仕方ない。

塔ノ木はネクタイをぐっと緩めると、ワイシャツのボタンを一つだけ外した。

（めちゃくちゃエロい……）

普段、爽やかな姿しか見せない塔ノ木の、雄《おす》を感じさせる所作は、それだけで最終兵器のような威力だった。

塔ノ木から目を離せない臨にゆっくりと顔を近づけると、ちゅっと五回目のキスをした。

そして臨の顎に手を当てて「口、開けて」と命令する。

恐る恐る口を開けると舌を突っ込んで口内をいきなり蹂躙《じゅうりん》してくる。塔ノ木の舌からは臨の作った水割りの味がした。

「んっ……うぅ……」

ちゅうっと吸われたり、べろっと舐められたり忙《せわ》しない。そのうち、胸の先がなぜかじんじんとしてくる。

（なんで……？）

キスの合間に自分の胸に視線を向けて、臨は愕然《がくぜん》とした。

確かにキスをする前は服を着ていたはずなのに、いつの間にかブラウスがはだけて、インナーのキャミソールは肩からすべり落とされ腹のあたりでたぐまっているし、ブラジャーにいたっては行方不明になっていた。

「ど、ど、どうやったの？」

臨はぐっと塔ノ木の顎を押してキスをやめさせる。胸元を隠しながら顔を真っ赤にして尋ねると、塔ノ木はプハッと吹き出す。

「まさか質問されるとは思わなかった」

「いや、だって、どうやったの、これ？　えええぇ？」

下半身も下着だけになっていた。スカーチョが行方不明だ。自分で脱いだ覚えはまったくないので、塔ノ木の早業に驚きしか覚えない。

「キスでいっぱいいっぱいな臨ちゃん、本当に可愛い」

そう言いながら、塔ノ木は臨の裸の胸に直接触れてくる。

「ひゃっ……」

胸の先をじゅるっといやらしい音をたててしゃぶる。ゾクリと身体が震えた。

(え、絵面ぁ……！)

臨の胸を美味しそうに食む塔ノ木の姿は刺激が強すぎた。しかも容赦なく卑猥《ひわい》だった。乳輪を全部くわえ込まれて、舌先が乳首をぐりぐりと押し込んでくる。大きく開いた口にしっかりと吸い込まれた胸が形を変える様はいやらしい以外の何物でもない。

臨の視界には見えない塔ノ木の口内でされていることなのに、どうされているのか触感だけでわかる。

「まっ……や、なに、これっ……」

ピリピリと弱い電気を身体中に流されているみたいだった。異性に胸を触られることも、舐められることももちろん初めてだったが、こんなに強い刺激がずっと続くものだなんて、知らなかった。

「塔ノ木さっ……」

「コウ」

「ふえ？」

「俺、昴だから。もう名前で呼んで」

塔ノ木はそう言ったあと、また胸にむしゃぶりつく。

「や、駄目……！」

「呼んでくれないとずっと咥えるよ」

「こ、昂くん？」

名を呼ぶと、ようやく口を離してくれた。けれど、さんざん舐められた胸の先は彼の唾液でべたべたで、ツンと赤く尖っているようにさえ見える。お風呂に入ったときもそんなによく見たことはないが、こんなにツンとしたことはなかった。臨は自分の胸の卑猥さに啞然としてしまう。

「先に謝っとくと、ちなみにこっちは名前呼ばれてもやめないから」

「はい？」

昂はずるりと臨の下着を一気に下ろした。

「ひゃあああ」

いきなり全裸にされて、悲鳴を上げてしまった。昂はまだ脱いでいないのに、臨だけが服を着ていないことがひどく恥ずかしい。

「しょ、初心者にこれはどうかと思います！」

「だけど、脱がないとHできない」

「ほ、本当にするの？」

「ここまでして、まさかしないと思っている？」

「しないわけがないですね……」

二重否定で肯定してしまった。

昴の視線はすっかりギラギラとした雄の目だ。息だって普段よりずっと荒い。

「ちなみに、私の気持ちとか尊重してくれる気は……？」

「自分のものにしないと気がすまない」

キッパリと自分本位な宣言をされて、臨は何も言い返せなかった。ふーふーと荒い息を吐く昴はいつもと全然違って、そして同時になんだか泣いているようにも思えた。

「何が……嫌だったの……？」

気づいたら昴の頬に手を伸ばし、尋ねていた。昴は荒い息のまま、ずっと臨を見下ろしている。

「何が、怖かったの？」

今度はそう尋ねると、一瞬だけ昴が目を細めた。

臨より四つ年上の男の人。けれど、今、臨をめちゃくちゃに勢いだけで抱こうとしているこの人は、臨よりずっと幼い子供のように見えた。

「お願い……」

掠れた声で昂が言う。

「俺のものになって。俺を愛して……」

願うように、乞うように、呟かれた言葉は、想像していたよりもずっと真摯な響きで。

「俺だけを――」

最後に囁かれた言葉を聞いたとき、臨はなんだか泣きたくなった。

「それは無理かなあ……？」

その願いは臨の仕事上難しいことを告げると、ぐずっと昂は鼻をすすってから「抱かせて」と言った。

「いいよ」

臨は気がついたら、そう返事をしていた。

ここまで必死に求められて、乞われて、断るにはとうに遅く、臨は昂を好きになっていた。同時に、抱かれたら、もっと昂を好きになると確信した。

契《ちぎ》りは契約。約束だ。

臨の身体に昂が刻むのはキスマークではなくて、愛した証《あかし》で。

ゆっくりと昂は時間をかけて、何も知らない臨の身体を拓《ひら》いていく。

「そんなとこ、舐めるのぉ？」

甘ったれた声で拒否する臨の手を押さえつけて、昂は身体中を丹念にほぐしていく。特に彼を受け入れる箇所は、とろとろに溶けるまで、何度も臨がしらんじて意識を手放すまで、指と舌で愛撫《あいぶ》した。

「脱いで……！」

自分だけが裸なことが恥ずかしくてそう言うと、昂は強く首を横に振った。

「脱いだら我慢できなくなるから無理」

(今も我慢してなくない!?)

心の中でのツッコミは相手に届かなかった。口に出す前に身体の中心に再び昂の舌が伸びてきたからだ。

「んあっ」

背が反りそうになるのを昂は無理やり押さえつけて、じゅるじゅると卑猥な水音を立てる。そこから止めどなく溢れている何かを昂が飲むのが、ひどく恥ずかしくていやらしくて。

臨は身体全部をうっすらと赤くして、快楽に跳ねた。

ベルトを緩めて、スラックスのボタンを外して、ファスナーを下ろして出された彼自身は、腫《は》れ上がっているかのようにビクビクとして熱かった。

避妊具をつけて、臨のぬかるんだ膣穴に何度かこすりつけるときは、ちょっと困った顔になっていた。

「どうしよう、すぐイッちゃいそう」

一つ一つが愛しい。愛してる。愛されている。

そんなことを交わす時間だった。

ぐっぷりと臨の中に入り込んで、一度、二度、入り口をゆらゆらしたあと、臨の身体を押さえつけてずずずと中に入り込んでくる。

破瓜《はか》の痛みはずっと身体にまとわりついていたが、それよりも圧倒的な熱が臨の中に入り込んできたとき、ああ、これが愛するってことなのかと思った。

（セックスってもっと簡単で、もっと快楽ばかりのものだと思っていた）

「ごめん、動くね」

切なそうな声を上げて、ゆさゆさと腰を動かし始める昂はとても綺麗だった。額《ひたい》に髪が張りついていて、彼も思った以上に汗をかいているのだと知る。セックスは、想像よりもずっとしんどくて、痛くて、だけど愛しくて、気持ちがよかった。

昂は臨の身体を揺さぶるたびに、「イきそう」と言ったが、なかなかイくことはなく。

「詐欺かよ！」と臨が叫んだら、笑いながら揺さぶりを強めた。達する瞬間に一緒にイくことはなかったが、強く抱きしめられたのは本当に気持ちがよかった。

「愛してるから愛して」

見返りを求める昴の言葉に、臨は強くしがみついて「もちろん」と応《こた》える。

この日、臨は大事な物を手に入れた。

そして呪術師四戒の最後の一つの意味を強く知った。

呪術師は愛する者を呪ってはならない。

＊＊＊

昴と恋人になって初めての外泊デートをすることになった土曜日。

オンボロ軽自動車で迎えに来た昴に、瑛がマウントをかけてくる。

「臨を乗せるのに、軽自動車でいいと思ってんの？　俺のスポーツカー、お下がりしようか？」

「いえ、車検代金が違うので、僕は軽自動車で十分です」

「私がいいって思ってるんだから、余計なこと、言ってくるんじゃないよ、クソ兄貴」

ゲシッと背後からふくらはぎを蹴飛ばすと「ふごっ」と瑛が変な声を上げた。

「おはよう、臨ちゃん」

「おはよう……昂くん」

「呼び方が変わっている……だと？」

瑛が目をぐるぐるさせながら、臨と昂を見てくる。

「なんだよ、付き合う気がない感じだったのに、結局付き合い始めたのか」

「そうだよ、悪い？」

「じゃあ、お前は昂くんを婿にするんだな」

「気が早いし、私が呼び方を変えた途端に自分も呼び方を変えてくる兄ってどうかと思うんだけど？」

「俺も昂くんって呼んでいいよな？　義弟くん」

そう彼女の兄に言われて断れる彼氏なんてなかなかいないだろう。案の定、昂は人のよさそうな笑顔で「はい、お義兄さん」と応えた。

「お前にお義兄さん呼ばわりされる関係ではまだない！」

「自分から言っといて、そうやって叩き落とすの本当にやめなよ、お兄ちゃん！」

臨はもう一発、瑛のふくらはぎにキックをお見舞いしてから、軽自動車に乗り込む。

最初に乗ったときはオンボロだと思ったが、古い車であっても車内は綺麗だし、いい匂いがする。煙草の匂いが染みついた瑛のスポーツカーより昴の軽自動車のほうが好きだ。

「臨、帰りは何時だ？」

（付き合う前は色々とくっつけるように言ってきたのに、付き合い始めたら面倒くさい感じになるのはなぜなんだろう）

臨は冷ややかに瑛を睨みつけるとキッパリ言う。

「明日！」

「！」

わかりやすく瑛がショックを受けた。

「お、俺のお嫁さんになるって小さい頃は言っていた気のする臨が……！」

「一度も言ったことないよね？」

ちなみに父にも言ったことはない。初恋は同じ幼稚園の男の子だ。

「じゃあ、いってきます！」

「あ、明日の朝、お兄ちゃんの手作りフレンチトースト、いらないのか？」

「いらないよ」

今回はビジネスホテルを予約してあるので、ホテルのモーニングがある。

「うええええん……俺の臨がぁ」

「臨ちゃん、お義兄さん、大丈夫？」

本気で泣いている瑛を昂が心配するが、臨はニッコリ笑い返して言う。

「はい、しゅっぱーつ！」

「き、きちんと安全運転で行ってきます！」

昂は少し迷いつつも車を発進させた。バックミラーで見た瑛はまだ家の前で泣いていたが、きっと臨たちが見えなくなったらケロリとしているはずだ。

「なんか、本当に大丈夫だった？」

「大丈夫。私に彼氏ができたのなんて初めてだから、変に絡んでくるだけだと思う」

昂はまだ何か言いたそうだったが、すぐに口元がむずむずしてにへらっとイケメンにしては間抜けな笑みを浮かべる。

「何？」

「いや、臨ちゃんの初めての彼氏は僕なんだなあと思って」

「それ、喜ぶところ？」

「今まで臨ちゃんが好きになって付き合った人がいないってのは、素直に嬉しい」

「そ、そう……」

「それに僕にとっても初恋だし」

「はっ？」

まじまじと昂を見つめれば、不思議そうな顔で「何？」と首を傾げる。

「で、でも、絶対、色々、経験……」

しどろもどろの臨に昂はサラリと言った。

「僕が好きじゃなくても、ね？」

「……」

臨は姉の写真撮影のスタジオで、昂の美しさがすぐに妬み嫉みを引き寄せていたことを思い出す。綺麗な顔をしている彼は、恋愛関連での面倒が多かったのかもしれない。

「だから、僕、今が一番楽しい。幸せだよ」

臨の手をきゅっと握って嬉しそうに笑う。

なのに――その彼の横顔がどうしようもなく寂しいものに思える。

（まあ、今が楽しそうならいいか……）

思うことは多々あるが、せっかくの旅行なのだ。過去を聞き出すような真似をして、楽しい気持ちに水を差すこともない。

「今日は神社巡りでいいんだよね？　たくさん回ろうね」

雑誌の表紙になりそうなくらい、いい笑顔で昂が言った。

異能オタクで貧乏な昂曰《いわ》く、神社巡りはお金があまりかからないうえ、パワースポットが多いのだそうだ。

「宿泊するお金なんてよくあったね」

お財布事情を知っている臨が尋ねると、昂はニッコリ笑って答える。

「出張でｗｅｂ予約していたから、トラベルポイントが貯まったんだ」

「ああ、そういう……」

本当にお金の使い方を間違えなければきちんと貯められると思うのに、どうしてお金がないのだろう。今もカップホルダーに置かれているのはペットボトルではなく、昂手製のコーヒー入り水筒だ。会社で昂に彼女がいるという噂を聞かなかったのには、こういう理由があったのだろう。

二人が最初に向かったのは、車で二時間ほどの場所にある県内有数の大社だ。

駐車場もとても大きいし、社《やしろ》も一つではない。臨はここにきたのは初めてだった。

「すごい大きいね」

「ここは、複数の神様を祀《まつ》っているから、そういう意味でも大きいかもね」

夫婦の神を祀っていて、それぞれの神様の社があるらしい。

昂は好きなだけあって、神社の知識が豊富だ。臨は歩きながら説明を聞く。

晩秋のほどよい陽気は、散策にはちょうどいい。

「人が多いから手をつなごう」

そう言って差し出された手に自分の指を絡める。きゅっとしっかりつながれると少し恥ずかしかったが、同時に嬉しくもあった。

「ここの男神《おとこがみ》さまは、身代わり守りでも有名でね」

「へえ？」

「女神《おんながみ》さまはもとは人間で、あるとき男神さまに出会って二人は恋に落ちた。女神さまは村人たちに虐められていたらしくて、生《い》け贄《にえ》として沼に沈められそうになったところを男神さまが身代わりになって助けるんだ」

「それで？」

「助けた女神さまを神様にして、二人で幸せに暮らすんだよ」

（なんて甘いお話なんだろう）

随分ご都合主義な話だ。臨も似たような話を知っていたので、つないだ昂の指をこすりながら口を開く。

「私、それとよく似た人間の話を知っているよ」

「そうなの？」

「とあるところに女の呪術師がいて、やっぱり村人に虐《いじ》められていたんだって。その女の人は旅人の男と恋に落ちるんだけど、村人は呪術師が村の外に行かないように男を沼に沈めて殺すの。それを知った呪術師は村人を全員呪って、村は滅びておしまい」

「壮絶すぎる……」

昴の顔色が悪い。

それもそうだろう。彼と手をつないで歩いているのは、本当の呪術師だ。

「え、それって本当にあった話？」

「呪術師四戒のもとになった話だって言われている」

「本当っぽいね……」

「男神さまは身代わりになって幸せになれたけど、呪術師は幸せになれないね」

「臨ちゃんは幸せにならないと駄目だよ」

そう言って昴がつないだ手をぎゅっと強く握りしめる。

参拝後に昴は社務所で青いお守りを一つだけ買うと、「臨ちゃん何かあっても、このお守りが守ってくれますように」とお守りを額に当てて真剣に祈ってから臨に差し出した。

その青いお守り袋には『身代わり守』と書かれていた。

あまりお金を持っていないだろうに、臨のために買ってくれたらしい。

臨は神様を信じていない。だからそんなお守りをもらったところで、きっと効果はないだろう。けれど、大切に受け取った。

「じゃあ、私も昴くんに……」

「僕はいいよ」

昴は首を横に振る。

「僕のかみさまは隣にいるから」

相変わらず、恋人になっても臨は彼のかみさまらしい。

「じゃあ、私が隣にいる限り、絶対昴くんは死なないね」

呆れつつも冗談交じりで臨がそう言うと、昴はとびきり嬉しそうに破顔した。

三ヵ所ほど神社を回り、回転寿司店で夕食をとってから、ビジネスホテルにチェックインした。昴は夕食を奮発しようと意気込んでいたが、臨は彼のお財布事情に合わせた食事へとさりげなく誘導した。さりげなさが若干失敗して昴に拗《す》ねられたけれど、安価で美味しいお店も多いし無理をする必要はないと思う。

臨はホテルのダブルベッドに、うつぶせで寝転がり目をつぶる。

昴がトラベルポイントを使って予約した部屋はツインではなくダブル。

(これは、するってこと、だよね……?)

先に風呂に入らせてもらった臨は昴が風呂から出てくるのを待っているのだが、恋人同士で旅行した場合、夜はセックスをするのだろうか。臨にはよくわからない。

一応しても大丈夫なように、風呂上りに着けたのは可愛いナイトブラだ。ショーツも同系色で揃えている。パジャマはホテルに用意されていたものを着ているが、男性は青のシマシマ、女性は赤のシマシマの可愛いものだったので満足している。

(だけど、する前は何をしていればいいんだろう?)

相手が入浴中にすべきことはあるのか。残念ながらそこまでは調べてこなかった。落ちつかなくてバタバタと手足を動かしていると、ベッドヘッドとマットレスの境目にキラキラするものがあることに気がついた。

使い捨てコンタクトレンズの容器に似た形をしている。とろっとした液体と何か半透明のものが一緒に入っているようだ。パッケージの表面にはおしゃれな感じに番号しか書いてないので、これがなんなのかわからない。

斜めにしたりひっくり返したりして眺めていると、昴が風呂から上がってきたので、上半身を起こして容器を見せながら「これ、何？」と聞いてみた。

「ああ、ゴム」

想像すらしていなかった言葉に、臨はポトッとそれを手から落としてしまう。

（え、こういう形のもあるの？）

学校で習ったときは四角くて薄い形のもので、こんな立体的な作りではなかったのに。

臨は動揺しているというのに、昂は普通にそれを拾ってまた枕元に置く。

「ネットの通販で、まとめ買いしておいたんだ」

「まとめ買いってどういうことなの？　これってまとめて買うものなの？」

「ローション入りだから、臨ちゃんにも優しいと思う」

「こ、こういうのに優しいも厳しいもあるの？」

「まあ、追々わかるよ」

ニコッと余裕がある笑みを返されて、少しばかり臨はくやしく思う。経験値の差が歴然なのは面白くない。

「臨ちゃん、好きだよ」

横に座られて、流れるようにちゅっと昂にキスをされる。

「え？　あ、ふぁっ!?」

まったく脈絡がないのにスムーズに押し倒されて、気づいたらパジャマの前をはだけさせられていた。

「あ、これ、万歳しないと駄目なやつだね」

(しまったー)

ナイトブラなので寝たままでは脱ぐことはできない。

「一回、起きようか。はい、万歳」

子供のようにあやされながら、素直に万歳をするとすぽっとナイトブラをとられた。ふるっと胸がナイトブラから零れる。さすがに恥ずかしくなって両胸を隠すと、「隠さない」と言われて、また押し倒された。

「ふふふ、臨ちゃん可愛い」

「う……」

「二回目、すごく楽しみにしていたんだ」

「ソ、ソウデスカ」

狼狽《うろた》えて片言になってしまった臨を、一度目のときよりずっと余裕のある顔で昂は見下ろしている。

「あ、あの……昂くんは脱がないの?」

臨だけ上半身裸は恥ずかしいのに、昴はニヤリと意地悪な笑みを浮かべた。

「脱がないかな」

「なぜ？」

「我慢しないといけないから」

「脱ぐと我慢できなくなるの？」

わからなくてそう尋ねると、昴は何も知らない子供に言い聞かせるように言う。

「肌と肌が直接触れ合うからね。僕の全部、臨ちゃんに持ってかれるのにはまだ早いから、我慢してるんだ。今日は、僕の腕で我慢して」

昴は袖をまくった自分の腕を臨の腹に押しつける。

たったそれだけなのに、素肌同士が合わさる感覚にゾクリとした。昴の腕の硬い肌と、臨の腹の無防備な部分が触れあうと、それだけで生々しい。

昴はゆっくりと手の内側を臨の肌に押しつけてくる。鎖骨に、肩に、首筋に。彼の直接の肌と、その肌の下に流れる血管を感じただけで、臨の中でじんわりと何かが灯った。

「腕だけなのに、感度よすぎだよ、臨ちゃん」

ほぉ……と甘いため息を漏らした臨に、昴は耳元で囁いてからキスをする。

「や、だって……」

もう何度目のキスかわからない。この前までは数えることができたのに。

（いつかセックスも、何回したか数えられなくなるのかな）

そんなにたくさん昴と交わったら、自分はどうなってしまうんだろうと考えると、少しだけ怖くて、同時に愛しくもあった。

「んっ……はふっ……んんん」

繰り返されるキスの合間に、両胸の先端をしつこく弄られる。だんだん硬くなって立ち上がるものだと、昴の指と舌で教わった。臨の身体には、まだまだ自身でさえ知らないところがたくさんあった。本来なら舐めるべきでない場所も、指を入れるべきでもない場所も、全部全部、それはしてもよい行為なのだと、昴を受け入れるためには大切な行為なのだと、身体に教え込まれる。

「すぐ濡れるね」

「それはいいことなの？」

「そうだね、臨ちゃんが痛くないようにするには大切だし、あと、たくさん濡れたほうがずっと気持ちいい」

昴はコンドームのパッケージを開けて、その中のローションを指に絡めて、臨の中に埋めていく。最初は一本だった指は、二本、そして三本と増やされて、それが気持ちのいいことだと身体から教えられていく。

「あっ……あっ……んんんっ」

甘い嬌声《きょうせい》が自分の喉から出ることも昴に教わった。その声が昴をひどく興奮させるのだと教えられた。

「もっと啼《な》いて。俺のコレが痛くてどうしようもなくなるくらい啼いて」

太ももに昴の猛《たけ》りを押しつけられる。パジャマのズボンからそこだけ器用に出して、ぐりぐりと押しつけられると、くちゅくちゅと臨と似たような音がする。

「昴くんもローション、そこにつけたの？」

不思議に思って尋ねると、昴が微笑みながら教えてくれる。

「男も女の子ほどではないけど、興奮すると濡れてくるんだよ」

臨の手をとって彼自身に導くので、臨は躊躇いつつもその先端に触れてみた。確かに先端が濡れている。耳元で昴がふっと短く息を吹きつけてくる。

「ん、気持ちいい」

いやらしい声に、臨自身の身体も熱くなってきた。指先で鈴口の先端をぐりぐりと擦ると露が零れてきて、ドキドキした。

「ふふ、今度いっぱい触らせてあげるからね」

お互いがお互いの身体にどうしようもなく興奮しているのだとわかる。

「この中にも精子は入っているから、このまま中には入れられないんだけどね」

残念そうにそう言われて、思わず「いつかはそのまま入れてくれるの？」と聞いてしまった。昴はわかりやすく固まって、それから深くため息を吐くと約束してくれた。

「臨ちゃんが俺のことを愛してくれたら、いつか必ずこのまま入れてあげるね」

挿入までの準備は、この前よりずっと早く簡単にできた。あられもなく大きく広げられた脚の間に昴は入ってくると、ゆっくりと臨の中に自身を埋めてくる。

「ふっ……んんんん」

二回目は一回目ほどの痛さはなかったが、切なさが込み上げる。しがみつきたくて臨が手を伸ばすと、昴はすぐに臨を強く抱きしめてくれた。

（なんでこの人、裸じゃないんだろう）

パジャマがじれったく感じる。そんなものない状態で抱き合いたい。昴のボタンに手をかけたが「だーめ」と遮られてしまう。

「ほら、ここ弄りながら揺らしてあげるから、気持ちよくなろう？」

身体を起こした昴は、ずっずっずっと腰を動かし始めて下腹部に両手を置く。

「ここが子宮かな？　わかる。その入り口のほうまで僕が入っているの」

ひどくいやらしい物言いに、臨はコクコクと強く頷く。昂の手のひらはとても熱く、臨の零す蜜でぬるぬるしていた。下腹に熱い手、そのままキス。打ちつける腰。

「ああっ」

臨の口から一際甲高い声が上がったのは、片足を肩に抱えられたときだ。今まで以上に奥に入ってきたものに、ごっごっと壁のようなところをぶつけられ臨は首を左右に振る。

「深ぃ……！　や、だめぇ……！」

手で昂の腹を遠ざけようとしたけど届かなくて、より一層深く挿入される。

串刺しにされるような感覚に、あっという間に高みが見えて、身体が跳ねた。

「あ、イッた？　気持ちいいね。そのままもっと飛ぼうか！」

昂が楽しそうに言った。

「む、むりぃ！」

「無理じゃないよ。ほら、ウサギさん、もっと跳ねて！」

ぱちゅんぱちゅんと、水の中をウサギが跳ねる。過ぎた快楽は臨の口を緩めて、喘ぐ声はどこまでも艶やかで。

「あ、ここ、ビジホだって忘れてた」

意地悪く言った昂の口に塞がれた。

「臨ちゃんの喘《あえ》ぎ声も全部、僕が飲んであげるから」

揺さぶられて、煽られ、ぐちゃぐちゃにされて――

「だから俺を愛して」

どこまでも愛を乞われる。乞われる。壊れる。

ようやく昴が臨の中で爆《は》ぜたとき、臨はこれで終わりかとホッとした。ぐったりと身体中の力が抜けて、臨は顔をベッドに突っ伏した。

だが、昴がカサリと立てた物音に、ハッと顔だけ動かす。

(え、待って)

視界に入ってきたそれは、先ほどと同じパッケージの物だった。固まって動けない臨の耳元に、昴は唇を寄せると静かに囁く。

「いっぱい、愛し合おうね」

「ひぇ……」

(もし、昴くんが全裸だったなら、我慢はどれほどきかなくなるのっ⁉)

怖くて、まだ臨には無理だと思った。

＊＊＊

なんだかんだとラブラブだった旅行の翌週、臨には呪術師の仕事が入っていた。

早朝の洗面所で顔を洗っていると、コツンと頭を小突かれた。顔を上げると鏡越しに瑛と視線が合う。

「この前の案件、結果出たわ。うつ病発症して自宅療養中」

瑛の代わりに引き受けたキャバクラ案件のことだ。

「自殺未遂もしてる」

「……」

臨がハブラシを咥えたまま鏡越しに瑛の目をまっすぐに見つめ返すと、確認だという体で尋ねてきた。

「下手したら死んでたけど、そこまで呪った？」

なんてことないように、エグいことを、エグいまま聞いてくる。

臨は軽く首を横に振った。そこまでの炎ではなかったはずだ。けれど、実際は自殺に追い込むほどの呪いが発動した――。

「お前も早く子供作れ」

瑛は脈絡もなくそう言うと、ポンと臨の頭を叩いた。

「俺や親父の後ろにはお前がいるけど、お前の後ろにはまだ誰もいないからな」

「私よりお兄ちゃんが作ればいいじゃん」

「俺はもうすぐ後が来るからな」

瑛は苦く笑う。

離婚した妻のもとにいる瑛の子はもうすぐ七歳だ。烏丸家の血筋に生まれたその子は、時が来たら選ばなければならない。

姉の遙のように呪術師を選ばない可能性とてあるのに、なぜか瑛は自分の子が呪術師になると信じて疑わない。選んだら最後、その先は影が蠢《うごめ》く闇の道だというのに。

「朝食、しっかり食べていけよ」

瑛はそれだけ言い置いて、洗面所を後にした。

臨は洗い終わった顔を鏡で確認しながら、甥《おい》っ子はどんな顔になったのだろうかとぼんやり思ってしまった。

できれば瑛や自分に似なければいいと思うが、もし呪術師になるのなら甥も自分と同じように地味な顔なのかもしれない。

兄や自分のように、光も差さないような真っ黒な瞳――なのかもしれない。

そこまで考えて、臨は馬鹿馬鹿しくなってしまい乱暴に洗濯機に顔を拭いたタオルを投げ入れた。

今週は仕事があるから会えないと昂に伝えたが、運転手代わりに連れてきてもよかったかもしれない。そう思ってしまうくらい今回の依頼場所はやや遠かった。

場所的には東京より近いのだが、電車で東京方面に一時間半。それからバスに乗って山間部まで行かなければならなかったぶん、気持ち的にはかなり遠方に来たような気がする。

依頼場所は、老人福祉施設だ。

「面会、お願いします」

面会を申し込んだ相手は烏丸家のお得意さんだ。今回の仕事場所がこの施設だったので、臨が中に入りやすいように面会を頼んでいた。お得意さんは快く名前を使ってくれてかまわないと言ってくれた。仕事後に会えるかわからないので、先に挨拶だけする。

「臨ちゃん、元気そうでよかったわ」

気さくに微笑む老婦人は、自分の子供たちを全員呪ってこの施設に来た。財産を遺すつもりはないと言っている彼女は、とても気さくで赤の他人の臨を可愛がってくれた人だ。

「今日はお願いしちゃってごめんね」

「いいのよ。いくらでもどうぞ」

小一時間ほど楽しく話をして、老婦人の周りに何の呪いもないことに安心してから今日の案件を探し始める。

今回の依頼種別は攻。

『主人の不倫相手を呪ってください』

そう言って大金を持ってきたのは綺麗な服に身を包んだ女性。

お金だけはあっても顧《かえり》みてもらえない夫人と対照的に、不倫相手であるパート社員の女性は毎日を生き生きと生活しているそうだ。

『十五年です……私たちを裏切って十五年。何度も別れるように言ったのに、一度も聞いてもらえませんでした』

週に何度か自宅を訪れる他人の夫と、家族のような関係を過ごし、周囲からはほとんど夫婦と思われているようで、形だけの夫婦の依頼人とは大違いだった。

『十年前に断ったんだが、結局十五年、積もり積もって、だな』

父はそう言った後、

『臨、できるか？』

と臨に聞いてきた。臨はすかさず「できる」と答えた。

誰が正しいかなんて判断はしない。そこにある仕事を淡々とこなすだけだ。

（でも、十五年かぁ……）

対象者は今年で四十五歳になるそうで、この福祉施設で働いているそうだ。評判は悪くない。介護福祉士の他にも看護師もいるのは、入所者の急変に備えてだろう。色々なスタッフがいるのを一人一人確認していく。

（それほど呪われている人はいないなぁ）

十五年も呪われているのなら、見たらすぐわかるくらい真っ黒のはずだ。煙のようにその人全体を覆って、人間としての輪郭さえも臨には見えなくなっているかもしれない。呪いは呪う期間が長ければ長いほど、その力は強くなる。

十年前、父が断ったときに依頼人の女性も心変わりするなり別の方法を探していればよかったのだが、彼女はこの十年を呪うことに費やした——そして宿願は果たされる。

「どこらへんにいるのかなあ……」

キョロキョロと周囲を見回していると、突然つっと指でうなじを触られる感触にゾクゾクする。

「うっひゃあ！」

変な叫び声を上げて振り向いた臨はドン引く。

うなじに触れた不審者が昂だったからだ。

「な、なんでいるの」

「こんにちは、臨ちゃん」

量産品のメーカー製だとすぐにわかるシャツとチノパンなのに、安物に見えないどころか昂は爽やかに着こなしていた。四捨五入すれば三十歳になるのに、おっさん臭さなどみじんも感じさせない。

「え、怖い。後をつけてきたわけじゃないよね？　それともお兄ちゃんに聞いたの？」

「違うよ。僕もお見舞い」

「お見舞い？」

「実家がこっちなんだよ。ここに大伯父が入っているんだ」

「もしかして親と来ていたりする？」

臨が身構えると、昂は笑いながら「僕一人だよ」と言った。

少しだけ安心してしまう。さすがにまだ彼女として彼の親と会うだけの心がまえはできていない。いや、普通に会ってもいいのだろうが、変に意識しそうで怖い。

「臨ちゃんは仕事、なんだよね」

昂はじっと臨の服装を見て、とても残念そうな顔をする。

「何？」

「いや、看護師さんとかの格好はしてないんだなあ……と」

「私の仕事をなんだと思っているのかな!?」

なぜ面会人が看護師の服を着なければならないのか。

「今日はコスプレしないんだね」

「私の仕事はコスプレしてするもんではないのだが？」

「え、そうなの？」

「そこで驚くのおかしくないかな？　私の仕事、何回か見てるよね？」

「だって女子高生とかキャバクラとか……」

臨は思わず呻く。昂が見たことがある仕事の半分は衣装を着ている事実に気づいてしまったからだ。少しだけ仕事に対する自信が揺らいだが、すぐに気持ちを持ち直す。

「ほら、駅のときは普段着だったし、今回も普段着だから！　普通は普段着なの！」

「そういうことにしておくね」

ニコッと微笑まれたが、まったくもって信じてもらえていない気しかしない。

「私はこれから仕事なので……」

離れようとしたら、昂が尋ねてきた。

「それじゃあ、一緒についていってもいい？」

「面会は終わったの？」

「うん、もう僕が誰かもわかってないから。荷物だけ定期的に届けに来ている感じ」

「そっか」

色々な家庭があるので、臨はそれ以上聞かなかった。

「僕も見たいんだけど、今日も見ることってできる？」

「今日はあんまりオススメしないけど……」

臨は少し躊躇ったが、結局昴にも見えるようにすることにした。人気のない自販機のところまで行き、軽く額を合わせて呟く。

「呪いあれ」

額を離すと、昴はキョロキョロと周囲を見回した。

「そんなに恨まれている人っていないんだね」

「まあ、一緒に住んでいない分、呪いも薄くなっていくんだと思うよ」

「ふぅん……」

一緒に住めば、どうしてもあれこれと家族内でぶつかる人もいる。そうならないために施設を選ぶ人も中にはいるはずだ。どこで暮らしても互いが気持ちよく暮らすためならば、それも一つの選択肢のように臨には思えた。

「あ……もしかしてあの人？」

昂が前方を見て、わずかに表情を硬くした。臨も確認する。

声に出さないが、あまりの影の濃さに、一瞬言葉を失ってしまう。

（さすが十五年）

黒いもやもやの影に包まれた誰かが、老人が座る車椅子を押してこちらに歩いてきている。それが男のなのか女なのか、老いているのか若いのかさえわからないが、間違いなく今日の仕事の対象者はその人だろうことはわかった。

「行くね」

臨は携帯をポケットから取り出すと、わざとその画面を見ながら淡い優しい色合いの廊下を歩く。

「あれぇ、どこだろう」

わざとらしく声を上げながら、あたりをキョロキョロする。

黒い影が近づいてくる。

「あ！」

すれ違う瞬間、カタンと音を立てて携帯を落とした。手帳型のカバーなので衝撃はかなり吸収してくれるはずだ。

車椅子を押していた人は、携帯を拾い上げるためにしゃがみ込む。

「大丈夫ですか？」

「わ、すみません！」

臨も少し遅れたタイミングでしゃがみ込み、携帯に手を伸ばすふりをして黒い靄の中に手を突っ込んだ。彼女の胸のあたりに触れただろうタイミングで、すばやく小声で囁く。

「呪われろ」

黒い影は昇華されて炎になる。

ボオオオオオオ！

まるで地獄の業火のようだった。どれだけの憎しみが募っていたのか。

どれほど憎くて憎くて仕方なかったのか。触れた影からは、ひたすらに、寂しい、悲しい、辛いと依頼人の悲鳴のような悲しみが聞こえた。

「あわわ、すみません！　すみません！」

間違えて触ってしまったのだと言わんばかりに臨は両手を上げて数歩後退った。演技だけではなく、炎の勢いに気圧されたせいもある。臨は対象者の顔を見た。激しく燃え盛る炎の中にいる中年女性は、臨に優しそうな微笑みを向けながら携帯を渡してくれる。

「ありがとうございます」

「いえ、気をつけてくださいね」

人のよさそうな女性だった。臨はもう一度、礼を述べると携帯を受け取って、そのまま彼女たちと反対側に歩いていく。すれ違ったのはほんの一瞬。その一瞬で、呪いは昇華されてしまう。振り向くことなく廊下の奥まで行く。

「臨ちゃん、大丈夫？」

「うん、大丈夫」

早歩きで追いついた昴に、臨はニカッと笑ってみせる。

「とても綺麗だった」

綺麗な笑顔で昴はそう言った。

十五年も愛人を呪った妻も、十五年も人の夫を奪って幸せそうな顔していた不倫相手も、十五年もどっちつかずできちんとしていなかった夫も、臨にとってはどうでもいい。立場が変われば、善人と悪人は逆転する。臨の仕事は淡々とそれを昇華するだけだ。

（だけど――）

仕事の負い目もやりきれなさも、何も聞かずに、ただ綺麗だと言ってくれる人が側にいる。そのことがどれだけ臨にとって、かけがえのないものになっていくのか。

（怖いな……）

瑛も臨を仕事に連れ歩いていたときは、こんな気持ちだったのだろうかと思った。

見習いの時期、瑛の車の助手席で、瑛の仕事ぶりを何度か見たことがあった。

「お兄ちゃんすごいね！」

何にも知らなかった臨は黒い影を炎に変える瑛を、ただ賞賛した。あのときの臨と、今の昴が被る。

「臨ちゃん、どうやって帰るの？　足がないなら僕が送っていくよ」

「あ、頼もうかな」

バスはしんどいと思っていたので、素直に昴の提案に甘える。

「あのオンボロでここまで来たんだ。結構大変だね」

「まあ、一月に一回は来るからね」

「ふぅん……」

施設から出た後、昴が臨の手をつないでくる。

「あのさ」

「何？」

「帰り、ホテル行かない？」

「すごい直球来たな」

昂の性欲が思った以上に旺盛で驚いた。昂は恥ずかしそうに鼻の頭をつないでいないほうの手でかいているが、恥ずかしがるより前にもっと情緒が必要ではないのか。

「お金あるんですか？」

「休憩だとカラオケより安いところもあるよ」

「すごいな、ラブホテル……」

「それで、僕の上に乗って、胸の上に手を置いてほしいな。興奮する……」

「とりあえず、施設の駐車場で言うことじゃないな！」

自分の彼氏はドのつく変態だとしみじみ思った。


結局、昂のお望み通り、ラブホテルで上に乗った。チノパンの前だけ開いて準備万端で臨をその上に跨《また》がらせた昂は非常に卑猥だった。

（シャツワンピースだからとショーツだけ脱がされて、素直に上に乗った私も私だけど！）

ラブホのショートタイムというプランで入ったのだが、二時間半で三千円という恐ろしい金額だった。確かに二人でカラオケに行くより安いかもしれないが、あの安さで入れてしまうのは臨の世界には今まで存在しなかった。漫画喫茶と同じ値段ではないだろうかとさえ思った。

（ラブホ、すごい……でも……）

昼間から不健全な行為にいそしみすっかり満足して気力十分で運転をしている昴に臨は尋ねる。

「なんで服、脱がないの？」

「え、たりなかった？」

「いや、十分です。本当に十分です。けど、いつも脱がないから不思議なの」

「臨ちゃんも今日は脱がなかったじゃん」

「それは、脱がなくてもできたからで――！」

「俺の身体、そんなに見たいの？」

信号待ちでハンドルにもたれかかった昴が、流し目を臨に向ける。燃え尽きたはずの情欲がゆらっと立ちのぼったかのように見えて、臨は「前！」と強く言った。

「まだ、信号変わってないよ」

「わ、私だけ――」

「ん？」

「私だけ、全部知られているのがくやしい」

臨がそうぼやくと、昴は「もう一軒、まわる？」と半ば本気の声音で尋ねてきた。

「もういっけん？」

「ラブホ」

「今日はもう無理だよ!?」

性欲旺盛すぎではないだろうか。二時間半、回数だけいうなら旅行に行った日の夜よりHをしたのだ。今も内腿が少し痙攣《けいれん》しているような気がして、あまり歩きたくない気持ちなのに、そんな状態でラブホのハシゴなんてできるわけがない。

「だって、臨ちゃんも僕の全部が知りたいんだよね？　それって僕のこと、愛しているってことだよね？」

「恥ずかしげもなく、すごいのぶっ込んでくるな」

相変わらずというか、最初から、昴は臨に対して愛が惜しみない。

そして、それと同じくらい臨に愛を求めてくる。そういう人なんだろうなとは思うが、臨は恋愛初心者なのだから、もう少し手加減してほしい。

「昴くんって、いつもそうなの？」

「いつもって？」

「その、恋人にも同じくらい愛してほしいって言うのかなあ……と」

そう言ってから、あれ、これはあまり言っていい類のことじゃないな、と気づいた。

まるで恋人の過去を知りたがっているようではないか。

「あ、やっぱ今のなし」

取り消したのに、昂は笑いながら臨の言葉を拾い上げる。

「そんなの臨ちゃんだけに決まっているじゃん」

過去に恋人がいただろうに、臨だけを強く欲するという昂に、不覚にも安心する自分がいた。過去と比べて、それ以上に自分がいいと思ってもらえるのが嬉しい。同時にひどく醜い感情のように思えて、自分にもそんな感情があったのかという驚きと罪悪感を抱く。

恋愛はやはり綺麗事ではないのだ。他人の恋愛感情は呪いの昇華で嫌というほど見てきたが、自分も経験して改めて実感した。臨が内省しているというのに、昂は上機嫌で運転しながら言う。

「臨ちゃんが僕のことをすごく愛してくれたら、裸で抱き合おうね。今日、臨ちゃんが触った僕の腹をむき出しにして、そこにたくさん触れて。そのまま臨ちゃんの手が僕の胸にまで伸びてきたら、すごく興奮するから、僕はいくらでもできそう」

一瞬、想像してしまう。

裸の昂の上にまたがって、手をついて彼の素肌に触れる自分――。鼻血が出そうになって、臨は急いで窓を開ける。車の中が卑猥な空気で充満してしまった気がする。

「あー、やっぱりホテル行く？」

昂がまたそう提案してくる。先ほどより本気っぽい声色《こわいろ》だった。

「いや、行かない」

そう言いはしたが顔が真っ赤だったのは、運転中で前を向いていた昂にきっと丸わかりだったはずだ。

昂に送ってもらって家に帰ると、玄関先にいた瑛が少し不思議そうに尋ねてきた。

「おかえりー。塔ノ木君、どうしたの？　仕事帰りに会ったの？」

「ただいまー。今日行った施設に親戚の人がいるんだって。そのお見舞いに来てた」

「へえ。あ、そういえば彼の実家、あっちのほうか」

臨さえ知らなかった昂のことをサラリと言う瑛が恐ろしい。昂のことは粗方調べているのかもしれない。藪《やぶ》をつついて蛇を出すのも嫌なので、臨は聞こえなかったことにした。

「あー、疲れた……」

組んだ手を上にあげて背筋を伸ばしながら家の中に入る臨に瑛が言う。

「事故ったらしいよ」

誰が、と瑛は言わない。でもわかる。心当たりはただ一つ。

「しかも依頼者の旦那さんの運転する車で」

「そうなんだ」

「二人とも重体らしい。依頼者さん、発狂しながら電話かけてきた」

想像がつく。どうして自分の夫も、と思ったのだろう。

「説明してるのにな」

瑛が鼻で笑う。

「呪いは移るって。特に情を交わしたり、血のつながりがあったりすればより強く移るから、旦那さんには数日、対象者と関わらせないようにって言ったんだけどなあ」

笑っているのに、瑛の声は冷ややかで一切の温度がない。

呪いは確かに移る。それは物質的な距離でも移る。

「施設の人は大丈夫だった？」

「そっちは大丈夫みたいだな」

「そっか……」

なら、依頼人の呪いは正しく呪いたい相手に向かったのだろう。

「十五年物の呪いだったから、対象者さん真っ黒だったよ。最初、姿も見えなかった」

ふと、そんな呪いを以前にも見たことを臨は思い出す。

全身を覆い尽くすほど真っ黒で、誰だかわからない呪い。

あの日、あの工事現場は黄昏時だった――。

ドクンと強く心臓が鳴った。臨は振り返って瑛に問う。

「お兄ちゃん……」

「んあ？」

「呪いって簡単に消えたり、見えなくなったりするもんだっけ？」

「……どういう意味だ？」

「真っ黒で、姿が見えないくらい強い呪いって、すぐに消えたりする……？」

「それは呪術を使ってか？」

「使わないで。手とかで払っただけで消える、かな？」

嫌な予感が募っていく。

けれど、臨はまだ、呪いの全てを知らない。父や兄ほどの経験は積んでいない。人間がどういう生き物か、全部を知っているわけではない。だから、きっとこれは勘違いだ。

鬼気迫る臨の目に瑛は何かを感じたのか、「あー……」と思い返すそぶりを見せる。

「そんな強い呪いは、手で払うだけじゃ取れないな」

「じゃあ、見えなくなることは？」

「ない、と思う」

瑛がそう言ったので、臨は少しだけホッとする。

「そうだよね、見えない呪いなんてないものね」

なら、やはり見間違いか、勘違いをしたのだろう。

「じゃあ、お風呂入ってくるわ。夕飯何かなあ」

そう言いながら浴室へと向かう臨の背を見ながら、瑛が呟いた言葉は誰もいない廊下に落ちた。

「俺がそういう呪いを見たのは、一度だけだよ、臨」

# 4　呪術師四戒

「塔ノ木さんと別れてよ！」

「えっと、今、仕事中では？」

どんよりとした曇《くも》り空の下、雨に備えて傘の用意をして帰ろうとしていた臨は、いきなり呼び止められるなりそう叫ばれた。

叫んだ相手は、以前も臨に絡んできた女性だ。凶暴なポメラニアンみたいにキャンキャン騒いでくるので、臨は心中で『キャンポメちゃん』と名付ける。

「あなたが塔ノ木さんと付き合っているなんて、どうせ塔ノ木さんのお情けなんだからね！」

お情けで付き合ってもらう状況というのがいまいちよく臨にはわからなかったが、キャンポメちゃんの中ではそういう設定になっているらしい。

「別れてほしいなら、私ではなく塔ノ木さんに言うべきでは？」

「あなたが塔ノ木さんにしがみついているんでしょ！　怪我した責任とってもらうために婚約を迫っているって知っているんだから！」

結構前に噂になった設定をそのまま拾って断罪する姿に、根拠もないのによくそこまで自信満々に言えるなと感心してしまう。しかも臨は西条社長の縁故で入っていると前回教えたにもかかわらず、キャンポメちゃんは今日も攻撃的だった。

（私が西条社長に告げ口したらとか考えられないのかな……？）

まったく想定していない様子に、本当に告げ口したら泣きそうだなと思った。

「なんなの、その人を馬鹿にした目は！」

「ええと、すごく素朴な質問なんですが、してもいいですか？」

臨はピッと手を上げて、彼女に尋ねてみる。

「な、何よ」

「塔ノ木さんって、そこまでして手に入れるべき男性ですかね？」

「は……？」

キャンポメちゃんが何を言われたのかわからないという顔をする。臨は指を折りながら、昴のいまいちだと思う特徴をつらつらと挙《あ》げてみた。

「塔ノ木さん、お金ないですよ。貯金とかも聞いてみたけど、ないような感じでした。住んでる場所はすごいオンボロアパートだし、セックスのときは私を脱がせるくせに自分は絶対服を脱ぎません。ちょっと普通のイケてる男性と全然違うんですけど、そういう男性と付き合うメリットって、あなたにありますか？」

「セッ……えっ、はあっ!?」

わかりやすくキャンポメちゃんは動揺した。

「顔は確かにいいと思いますが、顔だけならもっといい顔の人、私紹介できますよ？」

遙の伝手があるので、器量よし、性格よしの男性だって、紹介も可能だ。

「な、何言ってんのよ」

「いや、なんでそこまで塔ノ木さんにこだわるのかなあって。塔ノ木さんのどこが好きなんですか？」

キャンポメちゃんは顔を真っ赤にして口をパクパクとさせている。自分から攻撃するのは平気だが、防御はからきしなタイプなのかもしれない。

「あなた、可愛いと思いますし、もっと条件のいい男性と付き合えると思いますが」

「じ、条件で好きな人って決まるわけないじゃない！」

キャンポメちゃんが吠えた。

「わ、私は普段の塔ノ木さんとか、たまに優しく声をかけてくれるところとか、笑顔が素敵なところとか、とにかく、惹かれるから好きなのよ！」

思った以上に純粋な恋心でキュンとした。だが、それで昴を譲れるかというと、それは話が違ってくる。

「では、塔ノ木さんはあなたのことが好きなんですか？　残念ながら、彼が好きなのは私です」

キャンポメちゃんは、ぐっと唇を嚙みしめた。昴が誰を好きなのかということはわかっているらしい。

「他の人ならお譲りできたんですが、塔ノ木さんはごめんなさい、お譲りできません」

臨はキッパリとキャンポメちゃんに宣言する。

「あなたの恋心は叶いません。塔ノ木さんが好きなのは私だからだし、私も塔ノ木さんでないと駄目だからです。なので、諦めるべきはあなたのほうです」

キャンポメちゃんは「ふ、ふざけないでよ」と小声で呟くと、そのままポロポロと泣き出してしまった。ショートケーキみたいなメンタルだなと臨は冷静に分析する。すぐに崩れるし、甘い。

こういうとき、誰かとつるんでいればまだいいのに、なぜかキャンポメちゃんは一人だ。

キャンポメちゃんの背後にはぼんやりと黒い影が揺らいでいるのが見える。臨はため息をつくと、ポンポンとその影を払ってあげた。

『仕事できない』『私なんて何やってもうまくできない』『友達できない』

（ありゃ）

思いも寄らないことにビックリした。

彼女の肩についている呪いは、彼女自身が自分に向けたものだった。本当に希《まれ》だがそうやって自分を呪ってしまう人もいる。自己嫌悪のようなもので、自分で自分を呪って自己完結してしまうからどうにも見えづらい。

「とりあえず、あなたのお名前はなんですか？」

「な、何よ」

泣きながら、キャンポメちゃんは臨を睨んだ。可愛いんだからもっとそれを利用して楽に生きればいいのに、不器用な女の子だと思う。

「私と友達になりましょう。塔ノ木さんより、ずっと格好よくてキャンポメちゃんのことを大切にしてくれる男性、紹介しますよ？」

「キャンポメって何よ！　それに私、塔ノ木さんがいいの！」

全然揺らがないキャンポメちゃんに、臨は思わず吹き出してしまった。

キャンポメちゃんはキッと臨を睨みつけながら「私、浅川《あさかわ》ほのかっていうんだから！」と名乗ってくれた。

「そうですか。じゃあ、今度からキャンポメちゃんって呼びますね。あ、携帯の番号交換しておきましょう」

「な、なんで私があなたと……！ ていうか、名前聞いた意味は!?」

そうキャンキャン吠えていたが、結局は臨に押し負けて電話番号を交換してくれた。

（なんて素直なんだろう……）

臨は笑いそうになるのを堪えながら、電話番号を登録する。

「自分のこと、卑下しなくていいんですよ。キャンポメちゃんのこと、わかってくれる人は必ずいますから。少なくとも、ド変態の塔ノ木さんではないですが」

「あなた、ほ、本当に塔ノ木さんのこと好きなの？」

自分の彼氏を変態扱いする臨を、キャンポメちゃんは困惑しながら見てくる。

「好きですよ。好きになったから責任もって付き合っているんです」

「？？？」

「だから、あなたのことも責任もって友達になりますから、これから幸せになりましょうね」

　頭をポンポンと撫《な》でて微笑むと、キャンポメちゃんはぽっと赤くなり、「な、なんなの、あなた！　なんなのっ！」と大変可愛らしく吠《ほ》えた。

　顔の赤いキャンポメちゃんを仕事へと戻して帰ろうとした臨は、駐車場から強い視線を感じ、嫌な予感を覚えつつもそちらを見る。

　存在感が強い、癖が強い、顔がいいの三拍子揃った男性が、こちらを見ていた。

「僕の彼女が人たらしすぎて、すごく心配」

「普通、こういうときは助けるべきでは？」

「臨ちゃんが全然困ってなさそうだから、様子見してたんだ」

「とかいいつつ、キャットファイトは苦手なんでしょ？」

「うん……女の子のヒステリックな声って苦手」

　ぐったりと昴がため息を漏らした。いい思い出がないようだ。

「会社、戻らないんですか？」

「このまま直帰しようと思ってたんだよね。だから、駐車場で臨ちゃんを待ってた」

「うちの会社、こんな人が営業のエースで大丈夫なのかな？」

「大丈夫だよ。この前もまた社長賞もらえたよ？」

臨は昴の肩の影を払った。また一段と今日は濃いのばかりだ。

「昴くんのことは呪ってあげられないんだから、お願いだからあんまり人の恨みを買わないで」

「え、どうして？」

とても驚いた顔をした昴が臨に尋ねた。

「どうしてって……教えたじゃないですか」

「何を？」

「呪術師四戒。呪術師は愛する人を呪ってはいけない——って」

その瞬間、臨はこの世で一番脆いものに触れてしまった気がした。臨が言葉を吐いた瞬間、見つめた先の、臨の最愛の人は、壮絶なほど美しく笑ったからだ。

一瞬、息を止めてしまう。

なぜ——こんなに心が苦しくなるのか。

こんなに美しく笑う人を臨は知らない。

「臨ちゃん、セックスしたい」

「綺麗な顔で笑ったあとに言う台詞じゃないな」

臨は少しだけ脱力したが、どこか頼りなげに昴がぎゅっと強く手を握るので何も言えず彼の車に乗った。

十二月の夕方はすぐに暗くなる。十七時にもならない時間でも、すでに外は夜の帳《とばり》が下り始めていた。

「ほ、本当にするの、ここで？」

昂の住む安普請のアパートで。どう考えても壁が薄い。昂は薄い布団を畳に敷いて準備を始める。カーテンを閉めて、電気もすぐに消してもらった。真っ暗な部屋の中に、外の街灯の光がカーテン越しに差し込んでくる。間接照明としてはちょうどよいが、まだラブホテルのほうがムードがあったと思うのに、どうしてこの部屋なのか。

昂の部屋に見たこともない観葉植物もどきが置いてある。触ってみると、水晶に見せかけたプラスチックだった。

「お金、少しは貯まりましたか……？」

臨がため息をつきながらそう言うと「全然！」と昂が言った。

「ですよねぇ……」

ちょっと臨は泣きたくなってきた。どうしようもないダメ男を婿にしようとしている気がしてきたが、兄の瑛とて女運はなかったので、諦めの代わりにため息をついた。

（少なくとも、この人は私を愛してはいるんだよなあ……）

セックスしたがるのだって、臨のことが好きで好きでたまらないんだとわかるから、どうしても断れない。

薄い布団の上で脚を開いて座り込んだ昂が手を広げる、嬉しそうに。

「臨、おいで」

薄暗い部屋の中でも、その顔の造形の美しさは、陰影を伴ってより映えて。

臨が美を追究する者であったなら、きっとこの顔のためだけに金品を貢いだだろう。あいにく臨の美的感性はそれほど秀でていないので「あーあ、綺麗な顔してニコニコしちゃって」と思うくらいだ。

それでも、臨のことを本当に好きで、今から抱き合うことを素直に楽しみにしている彼を、裏切る気にはなれなかった。臨とて、昂と抱き合うことは嫌いではないからだ。

お金の使い方と異能オタクなところは残念だけれど、料理はうまいし仕事もできる。そしてイケメンだ。

なのに、昂にはその身一つしかないような切迫感があった。

そのたった一つしかない全てを彼は臨に差し出し、臨の全部が大事だと訴えている。

全てを差し出さずとも、彼の精一杯の愛を受け取っていると言いたいのに、残念ながら言葉を紡《つむ》ぐ前に臨の唇は昂に塞がれてしまう。手のひらをとられて、その指一本一本に、愛しさを込めてキスをされる。

　臨の下着に手をかけた昂に不満を漏らす。

「また、私だけなの？」

「じゃあ、少しだけ」

　昂はニコニコしながらネクタイを外して、シャツのボタンを二つほど外した。

　男の人の鎖骨でもこんなに色っぽいのかと、不覚にもドキドキした。吸い寄せられるようにそこに唇を寄せると、「こら」と甘く叱られてゾクゾクした。

「膝立ちになって、脚を少し開いて」

　昂の首に手を回し、上半身を彼の両肩に預けると、すりっと頬を寄せられた。背中に回された手が臨を優しく宥める。

「口、開けて」

　少しだけ身体を離して、唇を合わせる。はむはむと柔らかく唇同士で触れあいながら、舌先で渇きを潤していく。一つ一つの動作はまるで儀式のようだ。

「ん……」

　胸に触れていた指がするすると流れるように滑って、臍《へそ》をくすぐり、そのまま臨の開いた脚の間に滑り込む。最初は優しく、だんだんと刺激を強めて。そうして綻ぶように臨が拓くのだと教えてくれたのは昴だ。

昴の細くて長い指をくわえ込むことがうまくなってしまった穴は、身体の一部のはずなのに、全然言うことを聞いてくれない。今も、ちゅぷちゅぷと卑猥な水音を立てながら、たらたらと本人よりも素直に愛液を零す。

「ん、すごくきゅうきゅうしてくれて、可愛いね」

嬉しそうな昴の声に、臨は恥ずかしくなってしがみつく。

「ごめん、あとでいっぱい優しくするから、もう入れてもいい？」

切羽詰まった昴の声に、臨は無言で何度も頷く。愛撫らしい愛撫を受けなくてもとろとろに蕩けた身体は簡単に昴を飲み込んでいく。

「ふっ……んっ……」

臨だけ全裸で、昴はスーツだ。相変わらずこの人はどこかおかしいんじゃないかと思うのだが、それでもそれを受け入れているのは臨自身だ。

「ズボンだけ脱げばいいのに」

「なんで？」

「よ、汚れるから」

臨の体液で彼のズボンが汚れるのは臨の本意じゃないのに、昴はおかしそうに笑った。

「それくらい全然いいよ。このスーツ、洗濯機で洗えるし」

意地悪く昴は臨を突き上げた。睨みつけると、昴は蕩けるような笑みを向けて囁く。

「すごく気持ちがいい」

そんな顔をされて、文句など言えるわけもなく、臨は昴の首筋にしがみつく。臨のことが好きなんだと、何度も突き上げながら昴が言う。

「僕のことを愛して」

「愛してる、けどっ？　ふぁっ……あんっ！」

「もっと、もっと、愛して！」

上がる声を堪えたいのに、昴はそれを臨に許さない。明かりがついていない夜の部屋で、臨たちは夜が更けるまで、獣のようにまぐわった。

やがて、精根尽き果ててぐったりした頃、兄からメッセージが届く。

『いつ帰ってくるんだ』

少しだけ怒りの込められたメッセージに、夕飯の連絡をするのを忘れていたことを思い出す。

「ねえ、臨ちゃん」

「ふぁい？」

あくびをしながら返事をする臨に綺麗な笑みで昂は言う。

「今週末、僕の家に一緒に来てくれる？　家族を紹介したいな」

臨はピタリとわかりやすく固まった。

＊＊＊

「なんでうちに先に挨拶来ないんだ！」

休日の朝一番にそう臨の部屋に怒鳴り込んできた父にうんざりした。きっと告げ口したのは瑛だろう。

「あのさ、結婚の約束したわけじゃないんだけど？」

「いいか、臨、呪術師に理解があればいいと思うなよ！　男はみんな下品で、最低な奴だと思え！」

「お父さんとお兄ちゃんもってこと？」

「俺は違う！」

「そこで俺のことを含めないところが、親父だよな……」

父の後ろからひょっこりと瑛が顔を出す。真っ黒だった髪が脱色して金色になっている。

「え、なにその頭」

「ああ、仕事で」

「チ、チンピラ……！」

ニヤリと兄が笑った。

もう三十路を過ぎているのに、年相応の落ちつきがないうえに金髪にまですると完全に社会的信頼性ゼロだ。

「俺も一緒に挨拶、行ってやろうか？」

「ふざけんな、くそ兄貴！」

「お、お父さんが行ってもいいんだぞ？」

「なんでお父さんが？」

「お前のことを虐めそうな姑たちだったら、呪ってやる！」

「冗談にもならないからやめて？　あと、結婚の挨拶じゃないんだけど？」

昴がどういう意図で臨に家族を紹介したいのかさっぱりわからないが、そんな場にチンピラの兄と強面《こわもて》で変に貫禄のある父を連れていくなんて考えるのも恐ろしい。

兄と父を相手にして臨がぐったりとしていると、母の声が聞こえてきた。

「臨ー、昴くん、迎えに来たわよー！」

「はーい」

「臨ぅ……そんなに急いで嫁に行かなくてもいいからな！」

「だからそうじゃないと説明したのに……」

臨は足にしがみつかんばかりの勢いの父を振り切りながら、玄関に向かう。しかしそこに、昂はいなかった。

車のエンジンの音が響く外に向かうと――助手席に母が座っていた。

「何してんの、お母さん！」

ツッコミ要員がたらない。ツッコミできる人が圧倒的に烏丸家には不足している。

「んふふふ、イケメンの助手席。一生に一度は座ってみたかったのよね」

推しメンを応援するような、少女みたいに恥じらう母の笑みを見たくなかったと強く臨は思った。

「おー、おかん、写真撮ってやるよー」

「おねがーい」

車の前方から瑛が携帯で写真を撮る。

「いや、本当に降りて……降りてください……」

「軽自動車って思ったより距離が近くてドキドキしちゃった」

ニコニコで昴の軽自動車から降りた母の後ろで、すごい勢いで父が「呪呪呪呪呪呪呪呪呪呪呪呪呪呪呪」と呟いている。

臨はそんな父に母を押しつけて、「いってきます！」と叫んで車に乗った。

「今日一日、お預かりしますね」

運転席の窓を開けニコッと笑って臨の家族に挨拶をする昴に瑛は柄の悪いチンピラの顔で凄《すご》んだ。

「うちの妹、よろしくな」

肩をポンッと叩く勢いが強いのは気のせいだと思いたい。

「はい、お任せください」

昴は動じることなくそう言うと、車を発進させた。運転しながら、昴はご機嫌で言う。

「臨ちゃんの家族、面白いよね」

「本当にごめん」

「臨ちゃんのこと、すごく大切にしていていいご家族だと思う。僕、臨ちゃんのご家族に呪われちゃうかも」

「いやいや、さすがにそういうことはしない人たちだから」

（たぶん……）

内心、家族を信じきれない臨がいる。

なぜなら高校のとき交際をしつこく迫ってきた男や、大学のとき強引に見合いを勧めてきた親戚の男は、いつの間にか臨に近寄らなくなっていたからだ。

「こ、昴くんは私が守るからね？」

「ハハハ、ありがとう」

先日仕事で行った介護施設の近くだという昴の実家までは軽自動車ではなかなかの長距離だ。その距離を昴は苦にすることなく運転している。月一回は大伯父の見舞いに行くので慣れているらしい。

「昴くんのご家族って……」

「父と母と祖母と弟がいるよ」

「そっかあ。昴くんはどっち似なの？」

臨が尋ねると、昴は「んー」と考えてから逆に聞いてくる。

「臨ちゃんは、どっち似？」

「えー……、お父さん……かな」

瑛はあからさまに父似だし、遙は母似だ。臨も母似なら遙のように綺麗なお姉さんになっていたかもしれないが、残念ながら自分の容姿は父似の地味属性だ。

「僕は母方の血が強いかもね」

「そうなんだあ」

ならきっと、昴の母親も美人なのかもしれない。そんな美人な母親と対面するとなると少しドキドキした。

「そんなに緊張しなくて大丈夫だよ」

昴はそう言ってポンポンと臨の頭を叩いた。


三時間後、ちょうど昼前くらいについた。お昼時の訪問は失礼ではないかと心配になったが、昴は「大丈夫だよ」と笑う。

昴が案内してくれた家の外観を見て、臨は困惑する。少し大きめの二階建て。立派な門もついている。駐車場に停まる車も外車だ。

「おかえりなさい」

スリッパをパタパタさせて出迎えてくれたのは、たぶん……女性だろう。

「は、はじめまして」

「あら、どうも」

臨の挨拶に昂の母親らしき人の返答はそっけない。

「こちら、つまらないものですが手土産です」

「あら、つまらないものならわざわざいいのに」

昂の母親は手土産を受け取ると、そのまま家の奥に入ってしまう。

「臨ちゃん、中に入ろう」

昂に促されて家に上がり、彼の後に続いて広い廊下を歩く。

案内されたリビングには、三人の、人がいた。

小さく息を呑む。心臓がドクンドクンと嫌な音を立てるのを、臨は必死に抑えた。

「右からうちの母、祖母、そして一番左が義父。義父は母の再婚相手なんだ」

まるで自分の父親ではないと言わんばかりに昂がそう言った。

知らされていなかった家族関係に、内心動揺したが顔に出さないようにする。リビングに広がるピリッとした空気に肌がひりつくような気がした。

「初めまして、烏丸臨です……」

臨は震える声で挨拶するのが精一杯だ。

昂に誘われるまま、彼と一緒にソファーに座る。テーブルを挟んだ正面には、昂の家族が座っている。随分仰々しい対面だ。

「昂の嫁になりたいのでしたら、きちんと持参金は用意できるのかしら？」

いきなり、真ん中に座る老婆らしき人がそう言う。

「お義母さん、それは失礼ですよ」

一番左の男性らしき人――昂の義父がそうたしなめるが、昂の祖母はふんぞり返っているのだろう。不満そうな雰囲気が声からわかる。

お茶を用意していた昂の母親が茶器を臨の前に置いて説明をし始めた。

「この茶器はね、水晶でできているの。素敵でしょう？　この家の悪いものを取り払ってくれるのよ」

ファーストコンタクトで歓迎されていないことは理解していたが、もう嫌な予感しかしない。水晶の茶器とか待ってくれ、と臨は思う。ちらりとリビングを見回せば、昂の家で見たことがある水晶もどきの観葉植物が置かれている。壁にも、わけのわからないお札が貼られている。

臨は込み上げてくる吐き気を懸命に堪えた。

「あ、あの、素敵なおうちですね」

「そうでしょう？　昂が建てたのよ」

「こ、昂くん、すごいね」

無邪気に言う昂の母に臨は青ざめた。

（コレハナニ？　私は、今、何を見させられているんだろう？）

意味がわからない。吐きそう。辛い。なぜという気持ちしかない。

昂は、臨に家族を紹介したかったのではないのか。

「……もしかして、車も昂くんが買われたんですか？」

「そうです。昂が二十四歳の厄落としのときに買いました。そうしないと、この子の不浄は落とせませんから」

「不浄、ですか？」

臨の問いかけに、ニコニコと何の淀みもない声で義父が答える。

「そうです」

昂の母は彼のほうをたぶん見ながら言う。

「この子はね、昔から一緒にいる人間に不幸を呼ぶ呪われた子なんです」

ガツンと頭頂部を殴打された気がした。それくらいの衝撃だった。

頭がくらくらする。臨の中のピースがカチリとはまった。

「水晶とかも……昂くんが買っているんですね」

「そうですね。私がそういう仕事に就いているので、昂のために仕入れているんです」

昂の義父が淡々と自分の仕事の説明をしてくれる。

曰く、人の魂は生まれたときから汚れている。徳を積んでそれを綺麗にしていかなければならない。そのためには水晶で作られた品物で身の周りの物を揃えていかなければならない。

臨は愛想笑いを顔に貼りつけたまま話を聞き、更に尋ねる。

「それでなぜ、昂くんが呪われた子になるんですか？」

「塔ノ木の家には臍のそばに醜い痣を持って生まれてくる子がいます。私の代では私の兄がそうでした。娘の代では生まれなかったのに、可哀想に娘の子が呪い子になってしまった……」

祖母らしき人がそう説明してくれた。

呪い子――聞いたこともない言葉だった。

だが、因習、独特の地域性、そんなものは今も日本のどこかしらで静かに根付いている。

特に家庭内の因習は見つけにくい。家族総ぐるみで隠すからだ。

臨は呪術師の家系に生まれたからか、そういう話と関わることは多かった。

生まれたばかりの子を、変な理由をつけて殺そうとする祖父母から逃げてきた女の人もいた。けれど因習から自分の子供を守る親は希で、だいたいは親自体も染まっていることが多い。

「うちの昴を気に入ってくれるのはいいんですけど、きっとあなたのようなお嬢さんには合わないと思いますよ」

　と昴の母親が。

「私の会社に少し年は離れていますが、まだ独身の男がいます。よかったらそちらを紹介します」

　と昴の義父が。

「昴の見た目に釣られてきたのかしら？　うちは呪われた孫の血を続ける気はありませんよ」

　と昴の祖母が。

　臨の隣に座る昴は笑顔を貼りつけて、ただそこにいる。

「お母さん、ご飯まだあ？」

　ふいにリビングに現れた中学生くらいの子供が母親に空腹を訴えた。昴がいることを認識した途端、嫌悪感もあらわに彼を睨みつける。

「なんだよ、この前、金置いていったのにまた来たのかよ、昴！」

　臨に昴が「僕の弟だよ」と教える小さな声が聞こえたのか、中学生くらいの男児は吐き捨てる。

「弟なんて言うんじゃねえよ」

きっと昴の義父と母親の子供なのだろう。彼だけは、ほんのりと顔が見えた。

その後すぐに追い出されるように家から出た。

昴の家にいた時間は本当にわずかだ。

最後に昴は封筒をテーブルに置いていた。中身はきっとお金だろう。

「お前が結婚なんて無理なんだから、今度は一人で来なさい」

「あなたもこんな子と付き合っていないで別の人がいいと思うわ」

「あとで連絡先を昴くんから聞いておくので、会社から連絡しますね」

「とっとと帰れ！」

誰一人、昴に対して家族のような言葉をかける者はいない。

昴は少し車を走らせて、近くのコンビニエンスストアの駐車場で車を停めた。

そして、静かに臨に言う。

「あれが僕の家族」

「ごめん、誰が誰だかわからなかった」

臨は正直に言う。

本当に、誰が誰だかわからなかった。全員が真っ黒で、生きているのが不思議なくらいドロドロした影に覆われていたからだ。わずかに人と認識し得たのは、昂の弟ぐらいだが、彼も見えなくなるのにそう時間はかからないだろう。

昂を呪い子だと平気で言う家族全員、呪われていた。

長い間、どうしようもないほど憎まれ続けたなれの果て。

あんなにこびりついた呪いはなかなか見られるものじゃない。

じゃあ、あの家族は誰に呪われているのか——？

(なんだこれ)

何の『喜劇』に巻き込まれたのだろう。昂との色んな思い出が臨の脳裏を駆け巡る。

この人は、どれだけ必死に臨に愛を乞うていただろう。

この人は、どれだけ全身で臨に愛してくださいと叫んでいただろう。

(その意味が、これ、か)

臨は鼻で笑った。あまりにもふざけた内容に、笑いしか込み上げてこない。

怒ってもいいはずだ。けれど、昂は思った以上に用意周到で、そして全力だった。

昂は殉教者のような綺麗な澄んだ瞳で両手を握る。

臨を見つめ、愛を囁くような声色で紡がれたのは――

「僕は二十七年間、生まれてからずっとあの家族に、搾取され続けています」

溺れる者は藁をも掴む。

掴まれたのは呪術師《臨》だ。

「僕にはお金も何もありません。だけど、おねがい」

(聞きたくない。言わないで。お願い。やめて)

臨の心の悲鳴を昂は全力で無視する。いや、そもそも彼の本懐はここにあったのだ。

(これを喜劇と言わず、なんと言おうか！)

込み上げてくるのは、笑いなのか、怒りなのか、悲しみなのか、止めどなく溢れてくる感情に名前はつけられない。

だが、次に昂がいう言葉は、なんとなく予想はできるのだ。用意周到に準備された舞台に、臨は否応なく立たされる。

それは臨が呪術師だからだ。呪術師を道化師にする言葉を、いともたやすく昂は告げる。

臨に愛を捧げたその唇で。

「臨ちゃんに初めて会ったとき、僕にとっては君がかみさまに思えたんだ。全てをなくしてくれるかみさまに――」

そして昂は懇願する。

「おねがい、かみさま。僕の家族を呪って」

＊＊＊

臨に渾身の願いを告げた昂は家までまっすぐ送らず、ラブホテルに連れていく。

こんなときにと思ったけれど、こんなときだからこそかもしれない。

昂は恭しく臨の手を取り、まるでお姫様みたいに丁重にエスコートする。連れていかれる先がラブホテルの一室だなんて、なんて滑稽《こっけい》なんだろう。

臨はされるがままにベッドの側まで連れていかれた。

今日は昂の両親との挨拶だったから、親受けを意識して淡いパールピンクの襟付きワンピースだ。少しでも地味顔が華やかに見えるようにと選んだが、今は道化師の衣装のように思えてくる。

「臨ちゃん、見て」

昂がシャツのボタンに手をかける。一つ一つボタンが外されていくのを、ただ臨は言われた通りに見ていた。

彼の裸を見るのは初めてだった。

綺麗な鎖骨のラインも、女性とは違う平らな胸も、整った彫刻のように綺麗だったが、目に飛び込んできたのは色鮮やかな——赤。

(ああ……)

声を出さずとも、それがなんだか理解できた。

(塔ノ木の家もそうだったのか)

そんな偶然あるのかと臨は思ったが、これは、偶然じゃなかった。

昴が、彼自身のために、導いた奇跡だった。

「塔ノ木の家には、何代かに一度、臍の上に赤い痣をつけて生まれてくる子がいるんだ」

昴がそう言って、臨の手をその身体の中心へと導く。胃のあたりだろうか。そこに人の握りこぶし大の、明らかに目印のようにくっきりと浮かぶ丸い痣《あざ》。

「その子供は『呪い子』と呼ばれ、生涯、塔ノ木の家に奉仕をしなければならない。それが塔ノ木家のしきたりなんだ」

淡々とした口調で昴は自分の家について説明する。臨はその痣に触れながら、どうして彼が異能に思いを馳せたのかを知る。未知なる力に惹かれたからではなかった。どうして自分だけこんな境遇になるのか、きっと彼は知りたかったのだ。

「昴くん……」

臨は震えないように声を張りながら名前を呼ぶ。

「これ、呪いだね。烏丸の呪いとは違う……たぶん塔ノ木家独自の呪いだ」

呪術師はそんなに多くはない。けれど、烏丸だけが呪術師でもない。他者を呪う呪術師もいれば、塔ノ木家のように家族内で収まる因習を呪いのように連綿と引き継いできた家もあるのだろう。

自分の付き合った相手がそうだとは思わなかったが――

「知っていたの？」

自分の家が呪術と関係あるって知っていたのか。

問い詰めるように見上げた臨は息を呑んだ。

昴が口角を上げてニッコリと柔らかく微笑んでいたからだ。

彼は人形のように整った顔立ちの、作り物めいた美しい男性で。

だが今見せてくれる笑みは、その美しい顔《かんばせ》の下に血が流れていると確かにわかる、人間の顔だった。

美しいけれど悲しい。

見る者を苦しくさせるような慈愛に満ちたその笑顔に、臨は何も言えなくなる。

昴は臨のワンピースの前ボタンに手をかけると、淡々と話し始める。

「僕の先代は、大伯父だった。大伯父も呪い子で、それから一世代空けて僕。多いときは何人もいたって聞いた」

前ボタンを一つずつ外される。下まで全部ボタンの服なんて着なければよかったと臨は後悔した。

「僕たちは、結婚もせず、ただひたすら、塔ノ木の繁栄のために生きていく。そして塔ノ木の血筋から次の呪い子が生まれると、その子を育てるのは前の呪い子の役目で、僕を育てたのは大伯父だった」

全てのボタンを外されたワンピースを昴は床に落とす。お気に入りのブラジャーもショーツも、こんな形で昴に見せたかったわけじゃない。

「何度も、何度も逃げようとした。けれど、逃げようとするたびに身体が動かなくなった。それは死のうとしても同じで、僕たちは一生、塔ノ木の家のためにお金を稼いでいかなければならない」

それはどれほどの苦行だろうか。

昴の部屋を思い出す。畳もぶかぶかで、薄い扉のアパート。ほとんど物がない部屋の中で、昂の義父が扱っているという怪しい水晶の商品だけが真新しく綺麗だった。昂が唯一かき集めたのであろうものは、どう見ても新品か怪しい雑誌類。

「まあ、生活する最低限のお金はこっそり引き落とされないように貯めてはいたから、臨ちゃんとデートできたりしたんだけど」

昂はなんてことないように呟くが、この物で溢れて様々な刺激の多い社会にいて、自分のためのお金がほとんどないという生活は、どれほど辛いことだろう。真面目に働いて得た報酬を家族に貢ぐだけの日々。それは果たして生きていると言えるのだろうか。

ふいに昂に引っ張られて、くるっと臨はベッドに押し倒された。昂が臨にキスをしてくる。相変わらずスマートで手際がいい。けれど今日はいつもよりも性急で必死さがにじんで見える。

「臨ちゃん、なんだか余裕そうだね」

「ん……いや、そんなことは……」

ちゅ、ちゅ……とわざとリップ音を立てて臨の首筋や鎖骨に昂がキスを降らせてくる。

「僕は裸で抱き合うから、すごくドキドキしているのに」

照明は昂の頭の上にあるのに、見下ろす彼は臨を眩しそうに見つめた。

「脱がせるね」

ブラジャーもショーツも脱がされて、昂も全部を脱いで、二人とも全裸になった。

急に恥ずかしさを覚えて胸を隠そうとしたら、「隠さないで」と昂が懇願する。

「全部見せて」

ひどく甘い声でお願いされて、臨はゆるゆると手を離した。

「臨ちゃん、一緒に気持ちよくなろうね？」

臨の脚を左右に広げて、昂は足首に口づける。ペロリと舌なめずりをすると、臨の全部を食べ始めた。

「初めて会ったとき、『呪われろ』って言葉……僕がずっと家族に言いたい言葉だった」

臨の胸をくすぐりながら昂は言う。

「どうして僕だけがこんな目に遭うんだろう」

臍を舐められた。

「どうして逃げられないんだろう」

内腿をきつく吸われた。赤い印を何度も昂が食《は》む。

「どうして死にたいのに死ねないんだろう」

指を入れられて、ゆっくりと膣の中をかき混ぜられた。

「そんな――『どうして』しかない僕の前に、君が現れた」

ちゅぷ、ちゅぷ、と水音が自分の内側からしている。溢れてくるものが確かにあった。己の身体のひどい裏切りに臨は泣きそうになったが、昂はすごく嬉しそうに笑った。

「いっぱい濡れてる」

指で蜜をすくうと、その指先を舐め、わざとらしく臨の腹になすりつけた。

「ん……」

快楽を教えてくれたのは昂だ。何が気持ちよくて、何がいやらしいのか、この人はじっくりと丹念に臨に叩き込んだ。

初めて触れあう互いの肌は、温かくて、気持ちがよくて。服の上からよりずっと気持ちがいい。ちゅぷっと昂の先っぽが臨の膣孔に合わされた瞬間、ハッと気づく。

「昂くん、ゴム――！」

避妊具がついていないことに気づいてそう言ったのに、昂はニコッと笑ってずぶずぶと臨の中に入り込んでくる。

「あっ――」

まだ柔らかさのたりない場所ではあったが、十分に濡れているので引きつりは少なかった。いつもよりずっと熱い。そして大きい。臨は思わず彼にしがみつく。

昂が臨の頭を抱き寄せてきて、耳元で囁く。

「あぁ、気持ちいい」

いきなりガンガンと揺さぶられ始める。

「まっ、やっ！　ああっ！」

「うわ、生ってこんなに違うんだね」

「ばっ！　んやぁっ……！」

受け入れているほうはたいして変わらないとか、生とゴムと何が違うのか知るかと思ったが、いつもより昴が興奮しているのがわかってそれどころじゃない。

「いつもより、もっと奥に入れてあげるね」

「やっ――」

ぐぬぬっと更に奥深くに、抉るように入ってくる。

「すごいね、臨ちゃん、付け根までしっかり入ってるよ」

「し、しらなっ……ああっ」

挿入された入り口を昴の指がなぞる。コリコリとした場所は舐めたり触ったりするだけでも気持ちいいよと彼が言っていたのはいつのことだったろうか。その場所を執拗《しつよう》に昴の指が触れながら臨を刺激してくる。

「ふぁっ。や。あんっ。だめっ」

ピリピリとした刺激に、勝手に声が出てしまう。息が上がる。

「んー……まだきついかな。一回、出すね」

すぐ外に抜いてくれるのかと臨は思ったが、そうではなかった。昴はぐっと両手で臨の腰を固定すると、ずんっと奥まで一気に深く自身を埋め込んだ。

「はひっ……」

変な声が出た。腰をしっかり固定して、昴は遠慮なく臨を穿《うが》ち始める。

ぐちょぐちょと水音がする。自分の中をたくさん昴がかき混ぜているのが、よくわかる。

「ま、なんで？　えっ？」

抜いてくれないのか――訳もわからず揺さぶられて、そして最後に一番深くつながったところでぐっと昴が身体を硬直させた。

「え、え、え？」

ビクビクと昴の身体が震える。それは何度か経験したことではあるが、いつもと違うことはすぐにわかった。

「どうしよう……何回でも出せそうなくらい気持ちいい……」

うっとりと、喘ぐように昴が言ったが、臨はそれどころではない。

「な、中で出したの……？」

「うん、すごく気持ちいい」

昴は嬉しそうに、ちゅっと口づける。そして、恐ろしいくらい真摯な顔で言った。

「僕が臨ちゃんを孕ませたら、臨ちゃんは僕のお願いを聞いてくれる？」

烏丸の家のことを覚えていたのだろう。二十五歳までに子供を作らなければならないという約束を。

「僕にはお金もない。この身体と心だけしかない」

普通に話しているはずなのに、どうしてこんなに、喉奥から絞り出すような言葉に聞こえるのだろう。

「僕の全部を君に捧げるよ」

身体全部で、心さえも含めて、臨の中に注がれたものさえも——昴にとっては全部、臨に対する『供物』だった。

「泣かないで、臨ちゃん……」

「ちがっ……嫌とかじゃなくて……」

いつの間にか臨は泣いていたらしい。ボロボロと涙がとまらない。

けれどそれは勝手に臨の中で中出しした、この最低ド底辺野郎に対して怒っているからじゃないこともわかっていた。やっていることはクズだ。どうしようもない。

だが、この涙はその行為に対してじゃない。

臨は嗚咽《おえつ》交じりに、言いたいことも言えないけれど、それでも通じるように彼の腹の中央、あの赤い痣に触れた。

昴を昴たらしめた、彼を縛る鎖のようなその呪いに。

「臨ちゃん……」

昴が、くしゃりと顔を歪《ゆが》め、一瞬だけ子供のような寄る辺ない顔をした。

なのにまた、臨の中で彼自身が硬くなり始める。

本当に心と身体が不安定すぎる。

そう思いはしたが、今度はドロドロに臨と昴の体液が混ざり合ったぐちゃぐちゃになったそこは、かき混ぜられるだけで気持ちがよくて。

「んあ……」

臨は甘い声で啼いた。

泣きながら、啼きながら、その日、昴は臨の意識がなくなるまで、臨を抱き潰した。

＊＊＊

昴の家へ挨拶しに行った翌日、臨は顔色を悪くして家に帰った。

家まで送り届けた昴は臨の家族に挨拶だけでもなどと言っていたが、臨は無理やり追い返した。

あんなことをした後で、臨の家族に会おうものなら、本気で父に呪われかねない。

「僕にとっては臨ちゃんしかいないんだ。ごめんね、臨ちゃん」

心のこもっていない謝罪ほど、腹立たしいものはない。

彼氏がとんでもなく最低な男だった。ハニートラップを仕掛けて、ホテル代まで支払わせて、あげく避妊せずに中で出した。

「真正のクズでしかない。本当にクズだ。クソだ！」

帰りの車の中で臨がブツブツと罵っても、何が嬉しいのかニコニコと穏やかな笑みを浮かべて、信号待ちで止まるたびに臨を見ている。

まるで片思いが叶ったかのように笑う昴に、目頭が熱くなった。

「ただいまぁ」

「おう、おかえり」

ぐったりとして家に入る臨を紙の束を持った瑛が出迎えた。

やはり、と思う。瑛はきっと臨が何を言うのかわかっているのだろう。

「ねえ、お兄ちゃん」

「なんだ?」

「塔ノ木家の資料、見せて」

「ほいよ」

臨は瑛から渡された書類に目を通す。塔ノ木家の家族情報が書かれているそれには、呪い子についての情報はなかった。そのあたりはうまく秘匿《ひとく》していたらしい。

それなのにあえて臨に呪い子について話をしたのは、昂と別れさせるためだろう。

臨が昂に自分が呪術師であると隠さず言っていた理由と、同じようなものだ。

ただ、塔ノ木の家はそれを話した相手が、まさか本物の呪術師だとは思わなかっただろうが。

「お父さんは知ってる?」

「いや、俺の独断。親父には曖昧《あいまい》な情報しか渡してない」

昂に家の住所を教えたのは瑛だということを、臨は思い出す。

塔ノ木の家族を下見もしているはずだ。そしてあの化け物みたいな呪いの塊も目にしていたことだろう。兄は最初から何もかも知っていたのだ。

「いいよなあ、塔ノ木君。すごく歪んでて」

ニコニコと笑う瑛が一番クソだ。けれど、瑛が何をしたかったのかはわかった。

「最初に止めてくれたら好きにならなかったのに」

「好きにならなくても呪術師である限り、いつかはこういう日は来るんだよ。俺が一琉《いちる》の母親と会ったみたいに」

「うわあ……」

知りたくなかったが、察してしまった。

一琉というのは別れた妻のもとにいる瑛の息子だ。

瑛も二十五歳になる前に、ハニートラップに引っかかったのだろうか。もしくはわざと利用されたのか。とにかく瑛の元嫁とのなれそめをうっすらと察してしまって、臨はうんざりした。

「人間が嫌いになりそう……」

「でもそうならないのがお前だから、俺はお前が心配なんだよ」

ポンッと瑛が臨の肩を叩いた。

「すげえ呪いだっただろう？　あれ、家族絡みだろう？」

外から見ただけで塔ノ木家の異常さを察しただろう瑛が、興味津々で聞いてきた。呪いに触ってはいないから、瑛にはどんな呪いかわからないのだ。

「あれはめったにお目にかかれない、とてもよくできた呪術師の教材だ」

（こんのクソ兄貴……！）

臨を見る瑛の瞳は、真っ黒で何の光も差していない。呪術師の瞳だ。

そしてそれは、四戒の向こう側にいる者の瞳だ。

今、臨はその瀬戸際に立っているのだと感じた。このまま下がって、臨が昂のことを捨てても きっと瑛は何も言わないし、昂もすぐに別れてくれる予感がひしひしとした。

（そう、きっと昂くんは半分諦めている）

あれほど臨に愛を乞うて、かみさま扱いをするくせに、心の半分は期待などしていないのが嫌というほどわかった。だから今日だって臨を家に帰すときも何も言わなかった。

彼が臨に「おねがい、かみさま」と言ったのは、昨日の夜、一度きりだ。一度しか願いを言えないほど、彼の心はもう限界だった。

「あーぁ、本当にみんなひどい」

あれほど泣いたのに、また涙が零れてくる。目が痛い。臨の涙を見ても、瑛は眉一つ動かさない。瑛は待っているのだ。臨の答えを。覚悟を。

『臨ちゃん、愛してる』

昨日からずっと囁かれた昂の声が、まだ耳に残っている。

彼があんなにも切実に、あんなにもどうしようもないほど切ない愛の言葉を向けた相手が、どうして臨だったのだろう。

怒って、詰って、そのまま呪って捨ててきてもよかった。

（でも、できなかった――！）

できるわけなかった。あんなにも真っ黒な人たちに囲まれて、逃げ場もなくて、どうしようもない昴を臨が見捨てたら、誰が彼を救えるというのだろう。

家族間の問題に外野が手を出すことはとても難しい。本人が逃げようとしてもいつの間にか絡みとられることもたくさんある。ボロボロの手を伸ばす人が、死にそうな心を抱える人が、赤の他人だったならば、臨は簡単に見捨てただろう。

呪術師は慈善事業じゃない。そんな甘いものじゃない。

けれど、臨に手を伸ばして、愛を乞い、助けを求めて来たその人は――臨の愛した人だった。

臨はバンッと自分の頬を強く叩いた。じんじんと両頬がとても痛いし、昨日からずっと泣きっぱなしだった目はもっと痛い。

それでもこの出会いは、必然だった。臨にとっても、昴にとっても。臨だからこそ、昴を助けられる。その欺瞞《ぎまん》が悲しいくらいに臨の胸を苦しめる。そのために臨にその身を捧げてきた昴を憎みたくなるくらいしんどい。

(それでも私は選ぶけどね!)

道を暗くするのは、臨ではない。どんな道でも、臨は前を見て歩かなければならない。

「烏丸の力は、かみさまみたいな力だね」

「昔はかみさま扱いされたこともあるんだろうさ」

人間には過ぎた力だ。それでも絶えることなくこの血は続いていく最たる理由を臨は知っている。

この世には、どうしても、人には裁けない罪がある。逃げられない業がある。

「四戒を破る」

臨がそう宣言することさえも、瑛にはお見通しなのだろう。

「安心しろ、お前が壊れたら速やかに俺が回収してやる」

アフターケアも万全らしい。

昴は呪術師としての臨を利用した。瑛はその彼を使って、呪術師として臨がいつかぶち当たる壁をご丁寧に用意してくれた。兄の過保護っぷりに泣きそうだ。

四戒の先に何があるのか、臨は知らない。四戒は呪術師が破ってはいけないものだときつく言い渡されている。それを破れば、人間ではいられなくなるとも。

だが、それを破らない限り、本当の呪術師にもなれないことを、臨は、肌で感じていた。
父や兄との絶対的な違いがそこにある。
「お前は呪術師なんて選ばなきゃよかったのに」
瑛が恨めしげにぼやいた。瑛がいれば烏丸は安泰だったのだから、臨は確かに必要なかったかもしれない。けれど、臨はこの道を選んだ。選んだのだから、これもまた仕方のないことなのだろう。臨は自分に言い聞かせるように、強く唱える。
「ひとつ、呪術師は自分のために呪ってはならない
ひとつ、呪術師は老いた者を呪ってはならない
ひとつ、呪術師は無垢な者を呪ってはならない
ひとつ、呪術師は愛する者を呪ってはならない
以上、これすなわち呪術師四戒である」

＊＊＊

塔ノ木享子《あつこ》はイライラしていた。
先週、彼女が生んだ長男が、変な女を連れてきたからだ。

「まったく、たいして綺麗でもない女を……」

前夫との子供は、呪われた子として生まれはしたが、そのぶん優れた容姿と頭を持っていた。

塔ノ木の家に生まれる呪い子は、代々そんなふうだと聞く。容姿は見目麗しく、そして塔ノ木の家に繁栄を招き入れるのだ。ただしそのためには、呪い子を愛してはいけないと母に懇々と諭された。呪い子を愛すると、たちまち己も呪われてしまうのだと。

だからお前も、私が兄を貶《おとし》めるように、実の子を貶めなさいと、母は言った。

塔ノ木の家に住みついていた伯父のように、貶めよと言われた。

塔ノ木昂と名付けられた呪い子はたいして金をかけずとも、見目麗しく頭よく育った。愛情は一切かけなかった。それでも勝手に育ち、勝手にお金を稼いでくるようになった。母の言ったことは本当だった。呪い子は虐げれば、虐げるほど、塔ノ木の家に富をもたらした。

「あの子は一生、塔ノ木の子なのに……」

ギリッと爪を噛みながら、享子は質屋の受付で店員を待つ。今日は以前買ったブランドバッグが飽きたので、それを換金しにきたのだ。

確か昂の、去年の冬のボーナスで買ったものだが、息子のママ友がそれより新しいバッグを持っていたので嫌になってしまったのだ。

（今度はもっといいのを買わないと）

そう思いながら待っていたときだった。

「あれ、昂くんのお母様ですか？」

突然、背後から声をかけられて、享子はビクリと肩を揺らした。昂の母親だと享子を呼ぶ者はほとんどいないのに、誰だと振り向けば数日前に我が家に来たつまらない地味な女がいた。

なぜか今日は驚くほどに気圧される。まだ二十代前半だったはずだ。

彼女は、享子がうらやむほど大きなダイヤのついた指輪をつけていた。左手の薬指だ。享子がよく知るブランドの服や靴を身にまとう姿に嫌悪を覚える。

（まさか昂が――？）

もしや給料が上がったのを隠して、それをこちらに渡していないのだろうか。そう思うと、怒りが沸点に達する。

「あなた、その指輪、何？」

どうしてこんなところに昂の彼女がいるのか。その疑問に考えが至らないほどに、単純に怒りで享子が動くと、彼女は優雅に小首を傾げた。

「この前も自己紹介をしましたがお忘れですか？　烏丸臨といいます」

名前に聞き覚えがあったが、覚える気もなかったので忘れていた。

何をしにここに来たのかと聞く前に、彼女が言う。

「去年、昂くんが贈ったばかりのバッグを売るんですか？」

「――っ！」

ひどく癪に障る言い方だった。こちらを下に見るような視線に、カアッと血が昇る。

「あの子はうちの子よ。その指輪、あの子が渡したものなら、私に寄越しなさい！」

享子がずっと手を突き出すと、更に彼女が挑発してくる。

「こんな安い指輪も必要なんですか？」

「あなた一体なんなの!?」

声を上げたとき、質屋の様子がおかしいことに少しは気づけばよかったのだ。

戻ってこない店員。静まりかえった店内で、響くのは自分の声と、息づかいだけだという異常さに、享子は気づけなかった。

（なんなの、この子……！）

ただ若いだけの娘のはずなのに、得体の知れない雰囲気をまとっている。

「本当にくだらない風習は、どこにでもあるものですよね」

　ポツリと彼女が呟く。

「けれど、とてもよくできている。身体への虐待はない。洗脳に近い。人工的に作られた呪いとしては上出来ですよね。きっと我が家と違う、そういうのを作るのが得意な呪術師が、あなたの家にはいたのでしょう」

「はあ？」

「けどね、そんなまがい物の呪いはね、いつか必ず自分に返ってくるんですよ」

　彼女は指輪を指から外し、大きなダイヤのついたそれを摘まんでみせる。

「結納金として差し上げます」

　そう言いながら突き出した手で、ドンッと享子の胸を突いた。

「なっ!?」

　その瞬間、得体の知れない怖さを、得体の知れない不安を、得体の知れない悲しみを、享子は初めて体感する。

「呪われろ」

　呪い子を生み出すことで栄えてきた家だった。

　自分の子供が呪い子だったことを、享子は嘆いたりしなかった。これで自分たちも苦労せずに暮らしていけると思ったからだ。

『お前たち、そんな生き方をしているといつか自分に返ってくるぞ』

前夫は享子にそう言い捨てて逃げた。自分の子を生け贄にして。

塔ノ木の家の狂いに恐れをなしたからだ。何を怖がることがあるだろう。何を恐れることがあるだろう。そうして生きてきた塔ノ木の家に、何が起こるというのか。

ハッと我に返ったときは、気味の悪い娘は、どこにもいなかった。

呆然と両手を広げた享子の手のひらに、あるのは大きなダイヤの付いた指輪。

「す、すみません！　いきなり電話がかかってきてしまって」

質屋の店員がようやく奥から顔を出してきた。享子は白昼夢でも見たのかと思いながら振り向いた。

その瞬間――ブツンと頭の中で何かが切れる音がして、何もなくなった。

＊＊＊

塔ノ木拓也《たくや》はニヤニヤとしていた。

金蔓《かねづる》から思わぬ連絡があったからだ。

「昴くんを救いたいんです」

そう連絡をしてきたのは、塔ノ木という家が作った生け贄の嫁になろうとした女からだった。烏丸臨という名の、どこにでもいそうな地味な顔の女は、震える声で拓也に電話をしてきた。

「じゃあ、週末にでも」

「いいえ、すぐで大丈夫です。お時間いただければ会社を休んで行きますから」

藁にも縋る切実そうな臨の声に、地元の喫茶店を指定した。

「お忙しい中、ありがとうございます」

小綺麗な格好をした臨が、喫茶店に入ってきた拓也に深々と頭を下げる。拓也は商売道具を入れたアタッシュケースを手に、これはもしかするといい金蔓かもしれないとほくそ笑む。今日着ている服も上質なものだ。あのときは挨拶だからと着飾っているのかと思っていたが、質のいい服を普段使いできるだけの収入が臨にあるのだと気づく。

(まあ、あの男と付き合うくらいだ。金持ちの女なんだろう)

拓也が初めて塔ノ木の家に行ったのは、訪問販売員としてだった。やけにねちっこい視線を寄越してくる女と、ギスギスした女の母親、そして女の伯父だという疲れ切った男の存在。奇妙な家だとは思ったが、金払いがよかったので何度か足を運んで、塔ノ木という家のシステムを知った。拓也は女に取り入り、塔ノ木の婿となった。

（これはいい）

　昂は顔がよかったので、エサとして連れ回すのにはちょうどよかった。彼を連れ回して売れた商品は数知れず。そのまま客の家に昂を置いていくこともしばしばあった。

　大きくなってからも、いくらでも使い道のある駒は、本当に使い勝手がいい。金のなる木がある家に、拓也はこの上なく満足していた。

「昂くんとの結婚を考えているようでしたら、このあたりのものを揃えると、彼も喜ぶはずです」

　ニコニコと拓也はアタッシュケースから品物を取り出して、臨に見せる。どれも海外から適当に買ってきたもので、元値は二束三文だ。それをさも高価で貴重なものだと言わんばかりに見せつけると、臨はあっさりと騙された。

「これを買ったら、昂くんと結婚できるんですね？」

「ええもちろんです」

　結婚させるつもりなどない。あれは塔ノ木の家で死ぬまで飼われる存在だ。少なくともあと十年、拓也の息子の周也《しゅうや》が結婚して子供を作るまでは飼っていなければ。

（いや、でも待てよ。昂の子供を呪い子にすればいいんじゃないか？）

　痣などいくらでも簡単に作れる。痣の作り方を拓也はこっそり義母から聞いていた。

昴の実母である享子は知らないが、享子の母である須恵《すえ》は知っていたのだ。呪い子は作るものだと、須恵は言った。そうして塔ノ木の家を繁栄させていくのだと。

(この女に昴の子供を産ませて、そいつを呪い子にすれば……)

「ただ、享子があなたたちの結婚を反対しているようなので……もし難しいと思うなら、先に孫でも見せたらいいかもしれませんね？　そうしたら享子も納得するかもしれませんね」

「孫、ですか？」

「ええ。今はできちゃった結婚なんて普通でしょう？」

ニヤニヤと笑いながら拓也は言う。

「そうそう、この水晶は子宝祈願もありましてね」

「申し訳ありませんが、烏丸の子は他の家の子にはなれません」

「は？」

顔を上げて、拓也はゾッとした。

(なんだ……？)

顔も姿も何一つ変わっていない。ただ、臨の真っ黒な瞳が拓也を射貫く。先ほどまで話に聞き入っていた臨が醸し出す得体の知れない何かに拓也は気圧されていた。同じ人間と対峙している気がまるでしなかった。

じわりと背中に脂汗がにじむが、拓也はそれを必死に気のせいだと振り切る。

（こんな小娘に何を怯える）

「ああ、お義父さんは随分たくさん恨まれているんですね……」

「は？」

烏のように真っ黒な瞳には一切の光もない。その瞳が拓也の全てを見透かすようにこちらを見ている。

（なんだ、この女は）

思わず座り直した拓也に、臨は更に言葉を続ける。

「そんなガラクタが五十万？　八十万？　ぼろい商売ですね。それでもあなたに救ってもらいたいと騙されて買った人たちの呪いが、塔ノ木の呪いに二重にかかってます。これはもう、どうしようもないなあ～」

臨は頼んでいたメロンソーダをストローでくるくるとかき混ぜながら、くすくすと笑った。

豹変した臨に、拓也の思考が追いつかない。

「その上、烏丸の子を呪い子にするつもりだなんて、本当に命知らずですね」

「な、な、なんだ、烏丸って！」

「私の家のことですが？」

ゾクリ、とした。塔ノ木の家の話を聞いたときも、ああ、こいつらは狂っていると思ったが、そういう類とはまったくレベルの違う恐ろしさが、臨の背後に見えた気がした。野生の勘とも言うべきものが逃げろと警鐘を鳴らしたが、それはすでに遅かった。

カタン。

突然、臨がメロンソーダのグラスを倒した。勢いよく倒されたグラスから零れた液体は拓也へ一直線に流れてくる。

「ひっ」

避ける間もなくテーブルからズボンに零れ落ちた緑色の液体が、得体の知れない何か恐ろしいものにしか思えなかった。

「ああ、すみません」

臨が立ち上がって拓也の横にやってくる。ハンカチを手に、拓也のズボンを拭こうとするので、思わず叫んでしまう。

「や、やめてくれ！」

周囲の人間が拓也に視線を向けたが、それどころではない。

「駄目ですよ」

立ち上がろうとした拓也を臨が胸に手を突いて押さえる。ずしんと身体が突如重くなった気がした。触れられた胸が恐ろしく冷えて痛い。

臨は抑揚のない声で、拓也に囁く。

「呪われろ」

「ヒイッ!」

気がついたらアタッシュケースを置いて、喫茶店から逃げ出していた。

(なんだあれは!?)

人間か。本当に人間なのか。

ただの小娘だと思っていたのに。そのはずだったのに、底知れない恐怖が、まるで業火のように拓也を包む。

車に飛び込んだ拓也が震える手でエンジンをかけようとしたとき、コンコンコンと窓をノックされた。

「ひっ!」

青ざめた拓也は窓の外を見て、それが臨でないことに安堵したが、すぐに顔を強ばらせた。二人組の男の一人が、警察手帳を拓也に見せていたからだ。

「すみません、山田真一さんって方、ご存じですよね？　お話伺えますか？」

それはこの前借金を背負わせた男の名前だった。

＊＊＊

臨が喫茶店から出ると、向かいのコンビニエンスストアの駐車場で昂が待っていた。喫茶店の駐車場では、臨たちにしか見えない黒炎で火だるまの昂の義父が、逮捕されている。任意同行ではないようなので、礼状を警官たちは持っていたのだろう。それを興味津々で遠巻きに見たり、動画を撮ったりしている人がいる。必死に顔を隠す昂の義父が滑稽だ。

「よく、燃えているね」

昂にそう言うと、彼はガラス玉みたいな目でじっと義父を見つめていた。

「外では……」

ポツリと昂が口を開いた。

「外では必ず『父さん』と呼ぶように言われていた。けれど家の中では、決して父と呼ぶなとも」

淡々とした口調で過去を語る瞳には、思い出したくもないたくさんの過去が駆け巡っているのかもしれない。

「お母さんのこと、連絡あった……？」

立て続けだったので、昴の義父にはまだ連絡が行ってないだろうし、彼自身にもまだ連絡は来てないようだった。

それもそのはずだ。昴の母が倒れてから、義父が捕まるまでまだ三十分しか経っていない。

「さ、次行こうか」

彼の母の連絡が来る前に、粗方終わらせてしまったほうがいい。

「あ、その前に」

昴の袖を引っ張って、臨に意識を向けさせる。その瞳が、惑うのを臨は見逃さない。

「逃げちゃ駄目だよ。しっかり見て」

(私を引きずり込んだのだから、あなたは最後まで全部見なくちゃ駄目だよ)

声にしない言葉まで、昴はしっかりと聞き取って、臨と視線を合わせた。視線がかち合ったことに少しだけ安堵する。

立て続けに二件、しかも一件は死に近いほどの呪いを与えたし、義父のほうだって決して生半可な呪いではない。それらを施した臨を昴がどう見つめるのか、少しだけ怖かったが、彼は家族に対しての惑いの色は浮かべても、臨に対する嫌悪や恐れは一切瞳に浮かべなかった。だが、それと彼の心情もまた別の話だ。

「逃げてないよ」

そう答えた昴の心は、色んな感情がない交ぜになっているはずだ。

(嘘つき)

本当は逃げたくて仕方ないはずだ。彼の義父も母親も、昴から向けられた呪いはほとんどなかった。昴の義父は、大半は彼に騙され、お金を巻き上げられたり、自殺したりした人たちの憎しみだった。昴の母親は、塔ノ木家の……おそらく歴代の呪い子たちの憎しみが一身に積もっていた。

(本当によくできたシステムだ)

臨は自分の家の呪術しか知らない。大半の呪術師の家系は一子相伝に近い家族経営なので、外に呪術の仕組みが漏れることはない。その中でも塔ノ木家のシステムは、とてもよくできていた。

自分たちの血族の中に、生け贄を作ったからだ。

呪われた子たちは、自ら死なないように、逃げないように、従うように、本能に根強く呪いが刻まれていた。

昂の臍の上にある痣にも、その呪いがしっかりと刻み込まれていた。

彼の痣に触れたとき、黒い影に触れたのと同じように、呪いにまつわる諸々が臨の中に流れ込んできて、吐きそうになった。

一切の愛情を注がれず、ひたすら呪いだけを注がれた痣。

自分たち利己のためだけに作られた駒——それが塔ノ木昂だった。

死にたくても、逃げたくても、昂はそれらを一切禁じられていた。

ただ、ひたすら貢ぐこと、搾取されることだけを目的として作られた命。

だからこそ、より一層、美しく、優秀に育つのかもしれない。必死に生き、足掻いていたのかもしれない。臨と出会わなければ、それこそ、一生、昂の大伯父のように、昂も貢いで生きていたのだろう。彼が臨に助けを求めたのは、彼の人生にとっては最大の幸運だったはずだ。

(私は最大の悪縁だけど)

「呪いあれ」

もうすぐ見えなくなってしまうだろうからと、もう一度、昂にも呪いが見えるように呪術を施す。見たいとは一言も言ってないのに、臨は彼が選んだ道を見せつけるように、昂に囁く。

（逃げることは許さない）

昂が臨にそうさせたのだから、最後までしっかり付き合ってもらう。額を当てた後、顔を離すと、昂がくしゃりと顔を歪めて臨を見ていた。

「臨ちゃん、綺麗だよ」

それでも彼の口から零れ出るのは、相変わらず臨を崇拝する言葉だ。何が綺麗なんだと言いたくなったが、それは飲み込む。

「まだ、終わらないよ」

代わりにそう言い捨てて、彼に次の場所へと道案内を促す。

この復讐は、まだ終わらない。

＊＊＊

塔ノ木須恵はガタガタと震えていた。

「あれはよくないものだ」

小さい頃、一度だけ須恵は見たことがある。真っ黒な服を着た男が須恵の前に立ち、こう言った。

「こんなに小さいのに呪われているのか？　いや違うな。お前も呪術師か」

呪術師という言葉に須恵はビクリと身体を強ばらせる。自分の家の生業を須恵は知らない。だが自分の家がしてきたことを須恵は知っている。

哀れみとも呆れともつかぬ言葉を漏らした男は静かに囁く。

「滅ぶ前にそんな家、捨ててしまったほうがいい」

須恵はドキリとした。先ほど、親に折檻される兄を無視して遊びに出たばかりだったからだ。男はそれだけ言うと、どこかへ行ってしまったが、そのとき『烏』と連れに呼ばれていたのをうっすらと須恵は覚えている。

塔ノ木の家には、呪い子がいる。

それは須恵が生まれる前からで、須恵の叔母もそうだった。須恵の兄もまた同じく呪い子と呼ばれ、塔ノ木の家の中では蔑《さげす》まれる存在だった。自分の家はおかしいと思ってはいたが、自分に降りかかる火の粉ではなかったので、須恵はそのまま受け入れていた。

やがて自分も子供を持ったが、兄がいたので呪い子にはしなかった。若くして結婚した一人娘の長男を呪い子にした。娘にはしっかりと教育を施していたので、何の迷いもなく娘も呪い子という仕組みを受け入れた。

塔ノ木の家はそういう家なのだ、と須恵も娘もそう思う人間だったのだ。

（あの娘……おかしい……）

昴が連れてきたのは地味な女だと、娘は言っていたが、須恵は見た瞬間にわかった。

（こいつは烏だ）

あのとき、たまたますれ違った得体の知れない男。

その男とつながっているかどうかわかるはずもないのに、烏丸臨という女は『烏』だと須恵には思えた。

奇《く》しくも、その名字も烏丸だ。

「なんで昴はあんな娘を連れてきたんだ」

呪い子だと、この子は駄目だと言って脅して聞かせたのに、娘の真っ黒な瞳は、まったく怯えもなく、ただ須恵たちを見ていた。いや、視線は一度も合わなかったので、彼女は須恵たちを見ていなかったのかもしれない。

では、あの娘には何が見えていたのか――

ピンポーン、とチャイムの音がした。

「どなたですか？」

「宅配便です。塔ノ木拓也さんにお荷物です」

「はい、今行きますね」

娘婿の拓也が、また何か注文したのだろう。彼が婿に来てから、ますます塔ノ木の家は栄えた。昴と須恵の兄だけよりもずっとお金が潤って、古かった家もこんなに新しくなった。だから彼が頼んだものは、すぐに受け取りに行く。

「はい、どうも」

小さめの箱を受け取って玄関のドアを閉めようとしたとき、宅配員と入れ替わるようにして、一人の女性が玄関口に滑り込んでくる。その女は、明るい色のブランドもので身を包み、落ちついた声色で須恵に話しかけた。

「こんにちは」

須恵は女の顔を見た瞬間、悲鳴のような声で叫ぶ。そこに立っていたのは、この前来たばかりの、烏丸臨だったからだ。

「何しに来たの！　帰って！」

「いえいえ、それは無理なお話なんです」

受け取った荷物で片手が塞がっていたため、ドアを閉めるのが遅れた。臨はスルリと中に入ってくる。

「か、勝手に入ってこないでちょうだい！」

須恵がきつく威嚇したが、臨にはまったく効かないようだった。臨はすっと音もなく須恵の手を摑む。

ゾクリと寒気が全身に、その手から伝わった。

「は、離しなさい！」

「うわあ、お兄さんにすごく恨まれていますね」

臨は大げさに間延びした声でそう言った。

「そうですよね。実の兄なのにずっと呪い子だなんて貶めていたんだもの。お兄さんの恨みは深いですよね」

「な、何を……」

「昴くんのことも、実の孫なのに、二十七年間、ずっと虐げて搾取して――お祖母さん、あなたがこの家で、一番、呪われています」

子供の頃、鳥と呼ばれた男の声と、臨の声が重なった気がした。

けれど、あの頃よりずっと悪い。あのときは「そんな家、捨ててしまったほうがいい」と言われただけなのに、今、目前の女は、決して須恵を逃がさないと、その黒々とした目が訴えていた。

この女は危険だ。

代々受け継いできた塔ノ木の血が、そう叫ぶ。呪い子を作り築いてきた繁栄を、簡単に壊してしまう。そんな存在がいるなんて、須恵は思いもしなかった。

「あ、あなたおかしいわ。人の家にズケズケと入り込んできて、何をするつもりなの！」

臨はニヤリと笑った。ガタガタと震えることをもう須恵は抑えられない。

触れてはいけない、見てはいけないものを、昴は連れてきてしまったのだと理解した。

（これは人間じゃない！）

「たかだか血で、血族を縛るくらいの呪いしか使えない家——か。血の縛りで呪いを強くしているんですね」

誰にも言っていない、代々家長とその配偶者にしか伝えていないことを、なぜか臨は知っていた。知っていて、更に断言する。

「でも弱い」

何百年も続いてきた塔ノ木の、塔ノ木のためにだけ存在する呪いを、一蹴するこの化け物は何なのか。

トン、といきなり胸元に手を置かれた。

突き飛ばすこともできずに、須恵は終末の声を聞く。

「呪われろ」

今まで須恵は搾取する側だった。それはこれからも変わることなく、叔母が、兄が、そして孫である昂が、引き継いできたことは、連綿とこれからも続くはずだった。

それなのに――

「いやあああああ！」

気がついたら悲鳴を上げて、臨を突き飛ばしていた。そのまま勢いよく玄関を飛び出す。靴を履く暇などなく。何かが須恵から全部奪っていく。塔ノ木の家にあった全てを壊していく。

『滅ぶ前にそんな家、捨ててしまったほうがいい』

過去の声が須恵の耳に蘇る。真っ黒な烏の、まるで呪いのような言葉に対して、心の中で須恵は言い訳を並び立てる。

（捨てられるわけがないじゃないか。だって、こんなに甘い汁しか吸えない場所をどうして捨ててしまえるか！）

「須恵、助けて」

兄の声も聞こえてくる。まるで走馬灯のように。

あの日、兄を見捨てて外に逃げた。泣きながら自分に助けを求めた兄のその言葉を、須恵は無視した。

それはそんなに罪深いことなのか。

ドクンドクンと嫌な胸騒ぎが須恵を追い立てる。

玄関を飛び出した須恵は、そのまま裸足で外を駆ける。どこへ逃げればいいのか、どこへ向かえばいいのか、わかることなどなく。

ただ、この家を捨てて逃げれば、まだ自分は助かるのだと、もうとうの昔に刻限の切れたことを思い浮かべていた。

家の裏手には、なだらかな階段がある。その階段は駅までの近道で、そこを降りれば電車に乗って逃げられる。

そう思っていた。

ふわりと、階段の一番上で身体が浮いた。焦って裸足だった須恵は、石を踏んでつまずいたのだ。

「助けて」

今まで呪い子からさんざん聞いた言葉を須恵は呟いたが、誰も彼女を助ける者はいなかった。

＊＊＊

遠くでパトカーのサイレンが聞こえる。宅配業者が、昴の祖母に気づいて通報したのだろう。救急車の音も聞こえたが、きっと助かりはしない。

昴の車に乗り込んで、臨は精一杯、普通の声で言う。

「死んじゃったね」

確認はしていないが、そうだとわかる。

「そうだね」

昴は義父や母親のときよりもずっと無表情でそう返した。

「昴くんの弟くんに関しては、葬儀とか終わってからかな」

「臨ちゃん」

昴が臨の手を摑む。臨はぎゅっと彼の手を握り返す。二人とも恐ろしいくらい手が冷たかった。車内が、やけにしんと静まりかえっていた。

「何？」

「臨ちゃんのせいじゃ、ないからね？」

昴が青ざめた顔で臨にそう言った。

今さら、それを言うのか――臨は引きつった笑いを昴に返す。すると、昴はまたくしゃりと顔を歪めた。

（あ、そういうことか）

泣きそうなその顔は、臨の気持ちを思ってのことだとようやく気づいた。

壊れていく臨を見ていられなくて、後悔する顔。彼の後悔は家族に向けられたものではないことは、その顔からわかる。臨を見るときだけ、臨に関わることだけ、どうしようもなく後悔している。

「最後までハニートラップ、貫けよ」

臨は涙声にならないようにそう詰った。昂は首を横に振る。

「無理。愛してる。好き。本当にごめん――」

どうしようもなく後悔しているのだと、昂が震える声で臨にそう言った。

家族を死に追いやったからではなく、それをするのが臨だったことに対する後悔で。

だったら私に全部を捧げるなと、大声で叫べたらよかった。

出会わなければよかったと、叫べたら。でも、声は出ない。

車の中で、外から丸見えにもかかわらず臨は昂とキスをした。舌の絡まるキスは、勝手に流れた涙も絡まって塩辛く、どこまでも苦かった。

＊＊＊

塔ノ木周也はドキドキした。

「塔ノ木君、ちょっと」

四時間目の途中で周也を呼んだのは教頭で、母が倒れたことを聞いた。

それからのことは、あまりにもあまりなことすぎて言葉がない。

母が脳梗塞で倒れた。

父が警察に捕まった。

祖母が階段から落ちて死んだ。

全て同じ一日で起きたことだ。祖母の葬式をしようにも、母と父が家にいなくて、周也はどうしようもなくなる。自分の身に一体、何が起こったのかわからなかった。

だから、家族みんなが呪い子と呼ぶ、兄を呼び出した。

「お前がなんとかしろよ！」

十三歳も離れたその男が、自分とは父親違いの兄だと知ったのは、つい最近のことだ。

それまで周也は、その男が自分の兄だとは知らなかった。

大伯父だという男は、いつもクタクタになるまで警備員の仕事をして家に帰ってきていた。祖母より年上だというのに、彼は倒れて動けなくなるまで仕事を続けてお金を塔ノ木の家に入れた。

祖母も母も「それがあの男の使命なんだよ」と言っていたので、周也は少しおかしいなと思いつつも、それを受け入れた。塔ノ木の家はこのあたりでは名家らしく、たまに周也は塔ノ木の坊ちゃんと近所の年寄りには呼ばれることもあった。

周也は自分の家が誇らしかった。父も母も祖母も、自分をとても大切にしてくれる。その裏で、誰が代償を払っているかなんて、考える必要などなかった。

祖母の葬式はしなかった。自分で勝手に階段を落ちたことを宅配業者が目撃していたからだ。事件性のないそれを警察は事故として取り扱った。

それらの処理は全て呪い子がした。

葬式をなんでしないんだと周也が怒鳴っても、昴は何も言わなかった。母も父もいない周也が一人でいられるはずがないのに、昴は家に寄りつきもしなかなかった。家の中の金を漁って、食いつなぐ日が続く。不安がどんどん募っていく。自分はこれからどうなってしまうのかと思ったとき、昴と一緒にあの女が現れた。

やけに地味な、顔も覚えていない真っ黒な女だ。

烏丸臨と名乗った女は、周也に何かの書類を見せる。

「これ、特別養子縁組の書類です」

ニッコリと笑って淡々と説明する。

周也はこのままでは学校に通えなくなること。父親が犯罪者という汚名がずっと自分に付きまとうということ。母親は意識を取り戻しても以前のように動けるか怪しく、その場合、介護をする必要があること。

「どうする？　一人で生きていける？」

「ふざけるな！　その呪い子が俺を養えばいいだろう！　会社なんて辞めて、この家で俺とお母さんを養えよ！」

怒鳴り散らす周也の前で、昴は無表情だった。その目はひどく薄暗く、目の前の真っ黒な女と同じ色をしていてゾッとした。何かが昴の中で変わってしまったのだと感じた。

「中学生にもなって馬鹿なのかな？」

突然、真っ黒な女がそんなことを周也に言った。

「なんで昴くんがあんたの世話をしなければならないの？　同じ戸籍でもないのに」

「え」

どういう意味だと思った。ぴらりと見せられた紙は戸籍謄本。そこには父と母の名前があり、祖母の名前には×が書かれている。亡くなっているからだろう。なぜか昴の名前はない。

「すごいね、塔ノ木さんちって。とことん、呪い子とやらを隔離するんだね。昴くんはね、大伯父さんって方の養子になっています」

もう一枚、見せられた書類には、確かに大伯父と昴の関係が示されていた。

「そして、昴くんは成人したとき、塔ノ木家の一切の財産を放棄するという契約書を書いています。塔ノ木の弁護士さんに預けてあるんだって。ねえ、兄弟でもなくなった弟を昴くんが助ける必要ってどこにあるの？」

周也にはまだ遺産のことなどよくわからない。そういう書類がどう自分に影響を及ぼすのかもわからない。だから、自分を養育する必要が昴にあるかどうかさえ周也にはわからなかった。普通養子縁組なら、兄弟の縁は切れないことも知らなかった。

「特別養子縁組、君のお父さんからは許可、もらっているよ」

父が認めたということに驚きを隠せないが、刑務所に入っていてはどうしようもないと思ったのだろう。周也は追い詰められた状態で、それでも忌々しげに昴と真っ黒な女を睨みつける。

「小学校のときから、結構何人も、クラスの子を転校させたり、登校拒否に追い込んだりしてるんだってね？」

突然、真っ黒な女がそんなことを言った。

「君って平気で人を傷つけられる子なんだね？」

淡々と、だが確実に周也を挑発する言葉を選んで突きつける真っ黒な女は、周也にとって得体の知れない不気味な存在だった。

「私は昴くんの周りにある全ての呪いを排除するよ。だから君も排除する」

ずいっと顔を近づけて、周也に囁くように言う。

「呪われろ」

「は？」

気がついたら、胸元に指を突きつけられていた。告げられた言葉の不気味さに、途端に息苦しくなる。なぜだろう、されてはいけないことをされた気がする。

頭がくらくらとしてくる。今、自分が何をしたのかわからないまま、いつの間にか、塔ノ木周也は山田周也になっていた。

「初めまして、周也くん」

ニコニコと笑いかけてくる夫婦に、安堵したのもつかの間、

「僕は、君のお父さんが自殺に追いやった山田真一の弟です」

と、告げられた。

向けられた視線に憎しみが込められていると気づいたときは、とうに遅く。

搾取し続けた家の最後の一人がその日消えたことにより、塔ノ木の家の呪いは静かに幕を下ろした。

＊＊＊

「呪いあれ」

昴の額に自分の額を合わせて、彼に全ての呪いを臨は見せてあげた。

彼の義父も母も、祖母も弟も、簡単に、そう本当に簡単に呪われた。笑ってしまうくらい簡単に。

全てを終えた臨は、自宅の裏庭に昴を連れてきた。父と母は外出中だ。瑛はたぶん家の中にいる。しかし、臨たちが何を話しているのかまではわからないだろう。

「全部終わったね」

臨がポツリとそう呟くと、昴はやんわりと微笑む。全て成し遂げた達成感でそういう顔をするのなら、まだよかった。だが、臨はそうでないことをもう知っている。

（そう、初めから全部、知っていたのに気づかなかった）

「昴くん、全然家族のこと、呪っていなかったね……」

昴に確認するように臨は尋ねる。昴もそのことをわかっていたのだろう。塔ノ木家の人たちの身体にまとわりつく呪いが、自分が向けた呪いではなかったことくらい。

「あの人たちに染みついた呪いは、ほとんどがあなたの大伯父さんや、他の人たちのもので、それもじっとりと顔が見えないくらい真っ暗なひどい呪いだった！」

臨は叫ぶ。

「昴くんの呪い、呪いなんて言えるものじゃなかっ……」

そこで言葉を詰まらせる。

目の前で昴がくしゃりとまた顔を歪ませたからだ。そんなふうに崩した顔でも相変わらずとても美しい。

どんなにひどいことを言われても、どんなにきついことを強要されても、黙々とただひたすらと家族のためだけに尽くしてきた人。

昴の呪いは、誰一人殺せないくらい弱い、ただ、ただ悲しい声だった。

真っ黒な中に手を突っ込んで、必死に探して見つけた昴の痕跡はただ一つ――僕を愛して。それだけだった。

「なんでそうなの。なんでそんな悲しい呪いしか向けられないの、あなたをあんなに虐げた家族だったのに、どうしてそんなにあなたはあの家族を呪っていないの！」

臨が問い詰めても、昴はただ泣き笑いのような顔で微笑むだけだ。そんな顔でさえ美しい顔は、彼にまとわりつく不幸がそうしたのかとさえ思ってしまう。

「ごめんね、臨ちゃん。臨ちゃんに望まないことをさせてごめんね。でも、安心して、これが最後だから」

「これだけタダ働きした私に、更に働けというの？」

むき出しの怒りをぶつけると、昴が本当に困った顔になる。それでも彼は最後の願いを決して譲りはしないのだ。

（だって、あなたの願いは最初からそれだったんだよね？）

耳を塞ぎたかった。全てを消してしまいたかった。

せっかく昴のために全てを呪ったというのに、知り得たことは昴が本当に呪いたかったのは、ただ一人だということだ。

初めて会ったとき、昴は工事現場で、うずくまっていた。

あのとき臨は昴の言葉を聞いておくべきだったのだ。

けれど、あんなに真っ黒な呪いは初めてで、あんなにひどい呪いの意味を読み取ることを躊躇って、確かめもしなかったから、臨は間違えた。

「臨ちゃん、好きだよ。愛している。だから――」

ぶわっと周囲の空気が変わる。

その一瞬で、簡単に、どこに隠していたのか、昴は真っ黒な呪いに包まれた。

(お兄ちゃん、そうだね、呪いはそういうものだった)

呪いを消すことはできない。他人には。

だけど一人だけ、その呪いを出したり消したりすることができる存在がいるのだ。

そう、呪った本人だけは消すことができる。

塔ノ木昴を呪ったのは、塔ノ木昴、自分自身だった。

一メートルほどしか離れていないのに、彼の姿はまったく見えない。

昴を包み込む黒い影は臨の目の前まで立ち込めている。

何年、何十年の孤独がそこに込められているのか。手を伸ばし、その影に触れる。意識して、その呪いの声を聞く。

呪われて生まれてきた、僕が悪いんです。生まれてきてごめんなさい。生きていてごめんなさい。死にたくてごめんなさい。ごめんなさい。ごめんなさい。ごめんなさい。

悲鳴しか聞こえない。あまりにも痛々しい呪い。

臨は影の中に飛び込んで、昴を抱きしめた。

「気づかなくてごめん！」

あれだけ側にいたのに、見事に隠された呪いの気配に、まったく気づかなかった。それなのに昴は臨を抱きしめ返して、「そんなことないよ」と囁く。

「愛している、僕のかみさま」

彼がどんな気持ちで臨をかみさまと崇めるのか、今なら痛いくらいわかる。

かみさまくらいにしか、彼は頼めなかったのだ。

彼の世界はあまりにも小さく、閉じられていて、外の世界も知らずに育った少年は、ただ搾り取られるだけの命を生きてきた。

そんな彼にとって、終わらせることのできる存在が、どれほど神に等しい者だったかなんて、考えなくともわかる。

（ただ、どうしてそれを私にしたかなあ……）

「愛しているよ」

何度も繰り返される愛の言葉は、惜しみなく、ただ捧げるだけに選ばれた言葉だ。

見返りは臨の力だろうが、それでもその言葉に嘘も偽りもないことも臨は知っている。

そして今、このどうしようもなく濃い影を背負った臨の最愛の人は、臨に『最期のお願い』をする。

臨の気持ちなど考えない。自分勝手で、だけど、どうしようもなく悲しい願いを――

「おねがい、かみさま。僕を呪って」

## 5　おねがい、かみさま

「ごめんね、臨ちゃん……」

真っ黒な影の中から、昴の声がする。昴を抱きしめているはずなのに、臨には彼の顔がまったく見えない。あの、初めて会った日と同じ、あまりにも黒すぎる、どうしようもない呪いの中で、昴がもがき苦しんでいる。

——こんなこと、彼女にさせてよかったのかな。自分だけで死ねばよかった。臨に近づくんじゃなかった。

次々に生まれてくる昴の呪いに、臨へ向けられた後悔も重なっていくのが、触れた影からわかった。そしてその中に、胸がツンと痛くなるほどの彼の優しさを知る。

「君は人間なのに、こんなことをさせてごめんね」

臨をかみさまだと崇める一方で、臨が一人の人間だと信じてくれるこの人を、どうしたって臨は嫌うことはできない。愛することしかできない。

昴は最初から、臨の力に対して全力で肯定しかなかった。臨が黒い炎を美しく思うように、彼もその炎を美しく思ってくれた。この力は決して人が持ってはいけないものだとわかっているはずなのに、だからこそ、彼がこの力を必要とする意味を強く知った。

(昴くんにとって、私はかみさまでありながらも、たったひとりの人間なんだ)

臨が犯した罪は彼のためのものではあったけど、自分のためのものでもあったのだと思い知る。

『呪術師になる奴は大抵どっかぶっ壊れているんだよ』

幼い臨を連れて仕事に行くとき、瑛はいつもそう言った。

『だから、いつかそうなってもかまわない覚悟で生きろ』

何度も繰り返し臨に言い聞かせた。あの頃の瑛だってまだ未成年だったというのに。すでに覚悟ができている者の言葉であったように思う。どんな経験をしたらそうなるのかと、空恐ろしく思ったものだ。

昴の家族を呪っていく間、臨はどんどん自分の手が黒くなっていくような気がした。

呪術師である臨に呪いはまとわりつかないというのに、それでも自分の手が、身体が、視界が、どんどん真っ暗になっていく。

闇が深くなる。

(ああ、こういうことか)

四戒を破るということの、愛する人を呪ってはならないということの意味を、強く噛みしめる。

人でなくとも、人とたれ——烏丸の先祖が伝えたかったことはそういうことなのだろう。どんなに強い力を持っても、人以外の何かになってはいけないのだと。そう強く、そして優しく、臨たちに伝えたかったのだろう。

「昴くん、呪術師四戒、覚えている?」

臨は昴に尋ねる。

「大丈夫だよ、最後の一つは破らなくてすむ。何も気にすることなんて——」

昴の言葉を遮って、臨は言う。

「ひとつ、呪術師は自分のために呪ってはならない」

「僕のために、僕の家族を呪っただけじゃないか」

「これは昴くんを好きな私が、自分の幸せのためにしたことだから、全部自分のための呪い」

「ひとつ、呪術師は老いた者を呪ってはならない」

「祖母は死んだけど、それは君のせいじゃない。今でなくともいつか僕は、きっと祖母を殺していたよ」

「ひとつ、呪術師は無垢な者を呪ってはならない」

「周也は子供だったけど、子供だからと許されるわけはないと僕は信じている」

一つずつ、臨が戒律を解いていく。

昂はそれに対し、何一つ、臨は破っていないのだと諭す。全ての罪は昂自身にあるのだと、一番の咎人は自分なのだと。

「臨ちゃん、君は何も破ってないよ」

臨は小さく首を横に振り、優しく昂の頬に触れる。影を払いながら、昂の涙を拭う。

「ほら、そんなに自分を呪わないで」

「おねがい……のぞむちゃん、おねがいだ」

臨の手を黒い手が摑んで涙混じりの声が懇願する。

「おねがい、かみさま。僕を呪って」

「いいよ」

臨は小さく答えた。

こんなに真っ黒な昴を呪ったら、すぐに彼は心臓を止めて死んでしまうかもしれない。もしくは脳の血管が切れてしまうか。どちらにせよ、その命はたやすく摘まれてしまうだろう。

(あなたのことを愛している私に、あなたを殺せなんて本当にひどい人だと思う)

それでも、臨は昴に向かって囁く。

「よく、見ていてね。昴くん」

昴の黒い額に自らの額を合わせて言う。

「呪いあれ」

これで昴にも、己を包む炎の深さを見ることができるようになる。

臨は痣のある胸に手を置いて、愛の言葉を囁くように、甘く、優しく、囁く。

「呪われろ」

ゴウッ。

とてつもなく黒い業火が一瞬にして昴を包み込んだ。

黒い影が燃えて、美しい彼の姿を見せていく。

影が昴から剝がれるように消えて炎になっていく。昴は自らを包む炎を見ながら、本当に嬉しそうに笑って臨を見た。死を覚悟した人は、こんなにも穏やかな顔になるのかと、臨は一瞬だけ彼に見蕩れる。

「ありがとう……ありがとう……臨ちゃん……」

死こそが安らぎだと言わんばかりに、嬉しそうに昂が笑んだ。

今まで見た中で、一番安堵した、優しい笑顔だった。

「ひとつ、呪術師は愛する者を呪ってはならない」

四戒の最後の一つを臨は口にする。

「臨……ちゃん？」

昂は全て終わった今、臨が何を言い出したのかわからず困惑している。塔ノ木の生け贄だった彼は悲しいまでに一途な想いを捧げるくせに、自分が愛されるなんて欠片も思っていない。

こんなにも思ってくれる昂を、臨が愛し返したりしないとなぜ思うのだろう。

臨はガッと昂の両頬を己の手で包んで、強く視線を合わせた。

「昂くん、あなたは烏丸の呪術師を知らない」

烏丸の呪術は簡単明快だ。言霊に力を乗せて、人の呪いを昇華する。

「ノロワレロ。ノロイアレ。ノロイコイ……。これだけじゃないんだよ……昂くん、あなたに一つだけ、見せてない呪いがあるんだ」

臨は鮮やかに笑う。

それこそ普段の地味で目立たない表情を吹き飛ばすほどに艶やかに。

「愛している」

臨はそっと囁くとその唇を昂に合わせた。舌先を伸ばし、彼の口の中をちろりとなぞってから離れる。ディープキスにもならない戯れのようなキス。

臨は名残惜しむように片手だけを昂の頬から離すと自分の胸に置く。肺の奥から息を吐き出すように言葉を紡いだ。

「呪いあい」

まるで愛を囁くように呟かれた言葉。次の瞬間、業火は更に火力を増して臨をも包んでいく。それは初めて見る、真っ赤な炎だった。

(こんな色になるんだ……)

ノロイコイとは比べものにならない。一気にどしゃりと、まるで集中豪雨みたいに――

呪いが臨に降ってきた。

臨がゆっくりと昂から離れる。すると、不思議なことに昂を包んでいた炎も臨と一緒に動いていく。

「え、待って?」

異変に気づいたのだろう。昴が目を大きく見開いて手を伸ばすが、それを避けるように臨は後退った。

「臨ちゃん!?」

昴が信じられないという顔で驚愕した。無理もない。彼を包んでいた全ての炎は、今や昴のもとを離れ、全部臨に移っていたからだ。

「うっわ……くっそしんどいわ、この呪い」

立っていることも辛くなった臨はその場にへたりと座り込んだ。力がどんどん抜けていく身体は瘧《おこり》のように震え、目が開けられなくなってくる。息が苦しい。そんな臨の耳に張り裂けるような声が響いた。

「臨ちゃん！　嘘だ、やめてくれ！　そんなつもりで君に頼んだんじゃない。そういう犠牲はいらないんだよ！　そんな、僕なんかのために、やめてくれよ！」

昴は頽れた臨を抱き起して叫ぶ。

「呪いこい！　呪われろ！　違う、呪われるのは君じゃない！」

呪術師ではない昴が唱えても何かが起こるわけもない。なのに、必死に昴は臨を包む呪いを己の身に引き寄せようとする。

「そ、そうだ、僕が死ねば……！」

もう声も出せない臨は昂の言葉に焦る。昂は今にも自死してしまいそうだ。昂が死んだら、元も子もない。死なれては困るのだ。死なれては。

(昂くんは死なせない。そして、私も死ぬわけにはいかない)

臨は目も開けられないし、もう意識もなくなりそうで、完全に詰んでいる。

消えそうになる意識の中、臨はそのときを待ち歯を食いしばる。それでもサラサラと砂のように意識は零れて——途切れる間際、聞き慣れた声が聞こえた。

＊＊＊

いつもずっと、寂しかった——

塔ノ木昂の人生は、振り返れば特に彩りもなく、ただ、ただ、塔ノ木の家に奉仕し続けるだけの日々だった。

きっと一生、自分もこのまま、大伯父のように生きていくのだろうと。

どうして逃げることも死ぬこともできないのか——と毎日を悔いていたときに、昂は彼女に出会った。

あの日、昂がチンピラに絡まれた女の子を助けたのは、ただ死にたかったからだ。

死ぬわけにはいかないと思いながらも、どうにかして死にたいとも思っていた。

昂の心はぐちゃぐちゃで。もう色んなことに疲れていて。

「呪われろ」

(その声が、その言葉が、どれほど、僕の心を揺さぶったのか、君はきっとわからないだろう)

それは昂が家族に、塔ノ木という家の、訳のわからぬ因習《のろい》に雁字搦めになった全部に言いたかった言葉。

彼女の言葉は魔法のように、裁きを下す。次々と倒れていくチンピラたちに、昂は人ならざる者の力を見た。

かみさまなんていない。そんなものなんて信じない。けれど――

「僕の、唯一のかみさま……唯一の大切な人」

烏丸臨。

彼女との出会いが昂の人生を変えていく。

(だけど、こんなことを望んでいたわけじゃない！)

昂の呪いをなぜか自分に引き寄せた臨は、今、瀕死状態になっている。

臨が見せてくれた呪術師の仕事で覚えた言葉を羅列し、必死に叫ぶ。

しかし、呪術師でもない昂には臨を包み込む真っ赤な炎をどうすることもできない。絶望で頽《くずお》れそうになった瞬間——裏庭に現れたのは臨の兄、瑛だった。

「おうおう、よぉ燃えてんなあ」

昂はすぐさま瑛に駆け寄り懇願する。

「おにいさん、助けてください……！」

呪術師の彼にはどういう状況か見えているだろうに、瑛はまるで緊張感のない様子で笑った。

「いや、無理でしょ」

実の妹が、まさに今、死にそうな状態なのに、なんでそんなことが言えるのかと昂は自分の耳を疑った。瑛はそんな昂を気にかけることもなく、臨の炎に手を突っ込むと「なるほど」と呟く。

「これ昂くん自身の呪いだね」

「どうして臨ちゃんに……」

「『呪いあい』って、臨、言ったでしょ？」

確かに臨はそう言った。頷くと瑛は黒々とした頭をカシカシと軽くかいて説明する。

「人の呪いを自分に引き寄せるのが『呪いこい』。『呪いあい』はそれの上位呪術？　みたいなもん。その相手にかかる呪いを全部自分で引き受ける。しかも一生肩代わりするんだよな」

ゾッとした。

あの言葉が、昂にかかる呪いを全部、臨が引き受けるなんて、そんなことは聞いていない。自分が今すぐ死ねば――

「呪いって死んでも残るから」

昂の考えていることを見抜いたかのように、瑛が言った。

「ほら、昔の首塚の呪いとかあるじゃん？　あとは末代まで祟るとかさ？　人間って死ぬ瞬間でも誰かを呪うことできるから」

「そ、そんな……」

「だから、このまま昂くんが死んでも、呪いは臨に移ったまんま。臨もこれ、すぐに死んじゃうかもなあ？　なに、昂くん、うちの妹連れて心中するつもりだった？」

軽い口調で言っているが、瑛の目は笑っていない。鋭い視線が昂を射貫く。

「ぼ、僕は……臨ちゃんにそんな……」

言葉が出ない。どうすればいいのかわからない。

「ねえ、昂くんには今、この呪いの炎が見える？」

臨のほうへ手を向けて確認する瑛に、こくりと頷いた。

「ですが、色が違います……」

昂が臨に見せてもらってきた呪いの炎は黒だ。こんな本当の炎のように赤くはない。

「そうだねぇ。なんか干渉してると色は変わるんだよな。臨の代わりに何か燃えている感じだな、これ……」

「どうすれば臨ちゃんのこの炎、消せるんですか！」

あまりにも悠長に臨を観察する瑛に、昂は思わず声を張り上げる。しかし、それをねじ伏せるような怒鳴り声を瑛が上げた。

「あのさあ！　お前の勝手でうちの妹利用したくせに、更に自分の都合、押しつけてくんのやめてくんねえかな？」

獰猛な虎のような咆吼が響く。瑛の放つ怒気に飲まれそうになるのを堪えて地面に座り込むと、昂は頭をこすりつけて土下座した。

「死ねというならすぐに死にます。だから、臨ちゃんを助けてください！　俺はこんなことを望んでたんじゃないんだ。ごめんなさい、ごめんなさい。俺の命なんてどうでもいいから、臨ちゃんを助けてください！」

「だぁかぁらぁ、お前が死んでも呪いはとけねぇんだよ、頭、わりいな！」

ガッと頭に衝撃があった。瑛の足が昂の頭を踏みつけている。

昂は彼を頼ることしかできない。必死に助けを乞う。それ以外に昂にできることは何一つない。

(ああ、僕の人生は人に頼ることばかりだ――)

子供の頃は大伯父に頼って生きてきた。大人になって、どうしようもなくなって、そして出会った臨に今度は頼って。自力で抗うことなく生きてきたツケが回ってきたのだと思い知る。

とっとと死んでいればよかった。

そうすれば誰も不幸にしなかったのに。誰も苦しめることもなかったのに。

「ごめんなさい、ごめんなさい、ごめんなさい……」

額を地面にこすりつけたまま、ひたすら謝る昂の頭を瑛はしばらく踏みつけていたが、チッと舌打ちをすると足をどけて臨の服を探り始めた。

「これ、か？」

瑛が臨の服のポケットから取り出したものは真っ赤な光を放っていた。その赤い光が臨を包み込む炎へ移っている。

「おい、これ、なんだかわかるか？」

顔を上げた昂は瑛が手にしたものを見て、くしゃりと顔を歪ませた。

（なんでそんなもの持ってるんだよ……）

本当は昂も、好きな女の子に、人並みにプレゼントをあげたかった。

ごくごく普通の恋人があげるものを、昂も彼女にあげたかった。

だけど、お金なんてほとんど持っていなかった昂が、あげられるものなんて、千円もしないお守りぐらいで――

『臨ちゃんに何かあっても、このお守りが守ってくれますように』

そう言って、彼女にあげた唯一の物。

ご利益なんて信じないんだと言わんばかりの彼女が受け取ってくれたそれを、肌身離さずつけていることの意味を解さないほど、昂は愚かではなかった。

「臨ちゃん……！　臨ちゃん……！」

這いずりながら、臨の側に行く。名を呼ぶ。目をつぶって苦しそうな彼女に、この声が聞こえているだろうか。聞こえていてほしいと願いながら言う。

「ごめん……ごめん！　お願いだから俺なんて救わないで。お願いだから俺の呪いなんて受け入れないで！」

自分のような愚かなクズなんて、いっそ憎んでくれたらよかったのに。

死ねというなら、喜んで死んだのに！

「おい」

瑛が昂の肩に手を置く。涙と鼻水でぐちゃぐちゃの顔を昂が上げると、瑛は呆れた顔で臨のお守りを押しつけてきた。

「お前が自分を呪えば呪うほど、臨が燃えるんだ。これはお前の『呪い』だから、お前がなんとかしないと駄目なんだよ。今はそいつが臨の身代わりになっている。だけどお守り一つじゃ保たない」

「じゃあ、どうすれば……！」

「神様にでも祈ってろ」

「は？」

思いも寄らぬ言葉に間抜けな声が零れ出る。何を言っているのか。神頼みなんてきくわけがないのに、と。

そんな昂に瑛は淡々と説明する。

「自分のことを呪う奴は大抵数年で死ぬんだ。自殺して。それなのにお前みたいな特殊な奴が、二十年超えの呪いを持ち続けてるのは尋常じゃねえ。抱え込んでいるものが重すぎる。けれど、臨を助けたいんだったら、神にでもなんにでも祈って――」

そこで瑛は言葉をくぎる。

「自分を許せ。自分を呪うな」

ザアッと周囲に、一瞬にして過去の自分が走馬灯のように流れていく。

呪い子として生まれてしまった。大伯父に助けられてばかりだった。母親に愛されなかった。祖母に憎まれた。弟にとって昂は兄ではなかった。義父は……あんなのは家族でもない。

人に言えないこともたくさんした。人に言えないこともたくさんされた。

こんな自分のまま生きていくことが辛い。

自分で自分を許せない。なのに。

「僕は、僕を許さないといけないのか……？」

昂は自分の両手を見つめる。

先ほどとは打って変わって、何の呪いの影も炎もない両手。

瑛が冷ややかに昂に現実を突きつける。

「お前が死のうと思うほど、この呪いは強くなる。お前は自分を許して、生きていかなくちゃ、臨が代わりに死ぬんだ」

ずいっと更にお守りを押しつけられて、昂は震える手でそれを受け取った。

こんなにしんどいのに、もう楽になりたいのに、何もかもなくしたいのに。

そのために臨に全てを捧げたというのに。

生きていたくない。その思いは呪いとなって、臨を蝕む。死に至らせる。代わりに死んでほしくない。生きていてほしい。彼女を死なせないためには――

「僕が……僕は……生きていかないといけない……？」

呆然とする昂の足に、誰かが触れた。

瑛ではない。臨の手だ。

ぐしゃぐしゃの顔を向けると、臨がうっすらと目を開けて昂を見ていた。

いつかどこかで見た覚えのある眼差し。

「私が隣にいる限り、絶対昂くんは死なない」

臨をかみさまだと言ったとき、迷いなくそう言った彼女の眩しさを昂は覚えている。

生きていくことは、生き続けていくことは、本当に苦しい。

過去は、何度も、何度でも、昂を苦しめるだろう。それは昂を永遠に蝕む呪いのはずだ。消そうと思って消せるものでもないことはわかっている。それでも、昂はお守りを握りしめると、そのお守りに込められた身代わりの力に祈る。

「……すから」

声が震える。

心から、思いたくもない言葉を、それでも昴は声に乗せる。

言霊として響くことを願わずにはいられない。

「許すから、全部、僕の全部を僕は許すから――」

だから――

「おねがい、かみさま、臨ちゃんを助けてください」

僕は彼女と生きていく。

＊＊＊

自分の布団で目が覚めた――と思ったら、金縛りに遭ったかのように身体が動かない。

「え、うぇ……まじ、なにこれ」

「おお、お姫様は王子のキスじゃなくて、王子布団の重みで目が覚めたか」

顔だけ声のした左に向けると、瑛が呆れた顔で椅子に座っていた。見慣れた部屋の造りから、自分の部屋だと気づく。

右側にかかる重みに目を向ければ、布団をかけられて寝ている臨の上に、ドサリと荷物のように昴の身体がうつぶせでのしかかっていた。

「ふぇ……？」

ここに臨と昴を連れてきたのは瑛だろう。だからといって、寝かせた臨の上に昴を布団のようにかぶせるのはいかがなものか。

臨はずるずると昴の身体を脇にどかして起き上がると時計を見る。

時刻はまだ夕方だが、裏庭に行ったのは正午頃。結構寝ていたようだ。

「昴くん……？」

顔にかかる髪をそっと払って確認する。目元が涙の跡でボロボロだが、相変わらず綺麗な顔で寝ていた。影を確認すると綺麗に何もなくなっていたが、自分へかけた呪いというものは気持ち次第で隠れてしまうので、まだ判断できない。

「お兄ちゃん、どうなったの？」

恐る恐る確認すると、瑛は頬杖をつきながら言った。

「見りゃわかるだろう」

「見てもわからないから聞いているの！」

「臨が自分に呪いを移したんだから、お前が燃えてないならそういうことだよ」

臨は自分の胸元を確認する。手や足も、どこにも炎は見えなかった。

「よかったぁあ……！」

全身で脱力した。

「このお守り、形代か？」

「形代……？」

瑛がポイと投げてきたものを受け取って見ると、昴にもらったお守りだった。この前買ったばかりだというのに、ひどくボロボロになっている。

「それがなかったら、お前、呪いに負けて死んでいたかもしれねえぞ」

「え、こんな千円もしないお守りでも形代になんてなり得るの？」

目を丸くして驚く臨に瑛は絶句する。

全ては、兄の瑛頼みだったのだ。瑛が家にいることを確認したうえで、裏庭で事を起こした。まさか昴にもらった身代わり守りに助けられるとは思いもしなかった。そう素直に白状すると、心底瑛が嫌そうな顔をする。

「お前……そんな勝算もなく……勘弁しろ」

「だってお兄ちゃんが助けてくれるって……！」

「お前の呪い、俺と親父で引き受けないと駄目なところだったかもしれねえのに……ほんと、末っ子怖い……」

「あははははは……」

臨は自分が生きていたことにホッとする。

昂が本当に呪いたかった相手が自分自身だと気づいたとき、どうすれば彼を救えるか、ない頭で必死に考えた。

自分を呪う人というのは、一番死にやすい。自分で自分が滅びるように呪うのだから、そこにブレーキはない。まっすぐ己自身の心を貫いて、簡単に死んでしまう。

けれど、昂の呪いは特殊だった。

塔ノ木の家に脈々と引き継がれた質の悪い呪術のせいもあっただろう。

彼の腹にはしっかりと四つの呪いが刻まれていた。

『塔ノ木のために死んではいけない』

『塔ノ木のために一人で生きていかなければならない』

『塔ノ木のために尽くさなければならない』

『塔ノ木のために金を稼がなければならない』

清々しいまでの歪んだ呪いに、反吐が出そうになった。

だが、その呪いがあったから、昂は二十七歳まで、己を呪いながら生きてきたのだ。

全ては奇跡のような巡り合わせだったのだと思う。

強い呪いだ。昇華してしまえば、すぐに彼が死んでしまうこともわかっていた。けれど、絶対死なせるわけにはいかなかった。

臨に四戒を破らせておいて、自分だけ楽に死のうなんて冗談じゃない。

だから、昂の呪いを臨が背負い込むことにした。

彼は自分が死ぬことは平気だろうが、臨を死なせることは本意でないだろうと思ったし、好きな人のためなら生きようとも思ってくれるのではないかと感じたからだ。

結果はこうなら、きっと昂は死ぬことはなくなったのだろう。

「んで？　四戒を破った感想は？」

瑛が臨を見ながら尋ねる。人を殺した感想は——みたいな感じで聞かれた気がしたが、それは間違ってはいないだろう。臨は疲れ切って眠る昂の頭を撫でながら言う。

「私たち、人間かな？」

四戒を破った正直な感想はそれだ。

この力はろくでもない。

もともと誰かの恨みや呪いを使うだけだから、呪われていない人は呪えないが、誰しも少しぐらい、誰かに恨まれているものだ。その恨みが大きければ大きいほど、臨たちは簡単に裁定者になり得る。

神の代わりに罰を与える代理人にでもなったかのような、得体の知れない快感が心の奥底に残る。とんでもない力だ。たぶん、ずっと繰り返しこの力を使っていたら、臨は臨ではなくなってしまうだろう。

人以外の何かに、簡単になり得ることに、臨はゾッとする。

「正直、昂くんがいなかったらヤバかった」

昂を救いたいと思っていなかったら、きっと臨は人ではない何かになっていたかもしれない。人を殺すことに何も感じない。むしろ人を人と思えるかも怪しい。それこそサイコパスみたいになっていたかもしれない。

瑛は「そうか」と頷くと、とんでもないことを言い出した。

「実は俺も正直、臨がそこまで昂くんで堕ちるとは思わなかったし、塔ノ木さんちがそんなにヤバイとは思わなかった」

「は？」

「四戒の二個ぐらい破ればいいかなーと思ったのに、まさか全部破るとは思わなかったわ。お前、親父でさえ二個までしか破ってないんだから、絶対親父には言うなよ」

「はあ!?」

臨はあんぐりと口を開けて、瑛を見た。

「兄妹そろって四戒全部破る化け物になるとは思わなかった。ほんと、ごめんな？」

てへぺろっと瑛は陽気に舌を出したが、そういう顔をできる内容ではないはずだ。

「塔ノ木さんちが呪術師だとか俺も思わなかったし、本当にこれ、親父にバレたら俺が呪い殺される案件だから、黙っててくれ。な？」

二度も口止めしてくるが、その内容がまったくあり得ない。実妹を確認不足で死なせかけたとは思えぬ口調。豪華客船だと思っていたのに、実はウサギの作った泥船に乗せられていたとは。

「まあ、ほら、それでもお前たち、二人とも無事だったし！　結果オーライ！」

人を修羅道に落としておきながら、何を言っているのだろうか、この兄は。

実兄のやりように本気で引いた。

「お、おに、おに……」

「鬼なんて言うなよ。可愛い妹が呪術師としてやっていけるよう、試練を与えただけだよ」

「このくそ兄貴！」

思わず叫ぶと、昴が目を覚ましガバッと顔を上げた。

昴の頭が臨の顎に勢いよく当たって、そのまま後ろに倒れてしまう。

「臨ちゃん？　臨ちゃん、大丈夫!?　生きている？」

顎の痛みでうまく話せないでいると、昂はまたポロポロと綺麗な顔から涙を流す。

「ごめん……本当に俺のせいで――」

そう言った瞬間――臨が燃えた。

「ふぎゃ――！」

「昂くん、昂くん。君の呪い、消えてないんだから。鎮めているだけなんだから、すぐにぶり返すから」

瑛が笑いを堪えながら教えると、昂は臨の身体に乗り上げる。臨がポトリと落としたお守りを握りしめて「かみさまかみさま……」とブツブツ言い始めた。

燃える女に跨ってお守りを握りしめ、かみさまかみさまと呟く男。絵面がひどい。

「ぐはっ……ぶはははは、ひー！」

瑛は堪えきれずに腹を抱えて笑っている。

全ての原因でもあるくせに、本当にひどい兄だ。

だが、瑛がこうして自分と昂をつながなければ、彼を救えなかったこともまた確か。

少しでも昂が前向きになろうとしているのは、瑛が説得してくれたからだろう、と考える。まさか臨が気を失っているときに、昂の頭を足で踏み潰し、怒鳴りつけていただなんて知る由もない。

昂がブツブツ唱えていると、少ししてからすうっと臨を包んでいた炎が消えていく。

「昂くん……大丈夫になった……」

臨が顎を押さえながら言うと、臨の上に跨ったままの昂はうるうると目に涙をためながら、ガバッと抱きついてくる。

「もう、絶対、絶対にこんなことしないで」

涙ぐんだ声に、彼がどんな思いで神頼みをしていたのか悟る。

ちらりと横目で瑛を見ると、ヒラヒラと手を振って瑛は部屋を出ていくところだった。

「昂くんこそ、もう二度とあんなことしないで」

臨も昂にきつく言い聞かせる。

「自分で自分を呪うなんて駄目だよ？」

昂はくしゃりと昂が顔を歪ませる。叱られた子供のような顔が愛おしい。

彼がそんなふうに表情を歪ませることができることが嬉しい。彼の人生に負の感情を顔に乗せることの許された時間は今まで少なかっただろうから。

「臨ちゃん……俺、お金貯める。すぐに貯めるから。そしたら、君にピッカピカの指輪、あげるから、絶対、一生、俺の側にっ……」

ふぐっとそこで咽せた昂は、一度息を吸い直して、もう一度言う。

「一生、俺の側にいて」

昂が、「僕」というときはいい子でいたいとき。

昂が、「俺」というときは自分のことを言いたいとき。

たぶん、無意識で使い分けているだろう彼の、彼がしたいと思う言葉に、臨は泣き笑いを見せながら、答える。

「一生、側にいる」

(だから私の側で、私が人外に堕ちないように、しっかりつなぎ止めていてね)

二人して泣き笑いしながら、強く抱き合った。

## エピローグ　運命があなたを呪うなら

（昂くんの人生が思った以上にヘビーで辛い）

たまに会話していて彼の不幸な生い立ちを垣間見ると、本当に何度でも呪ってやればよかったと思わずにはいられなくなる。

呪いたりないとはこういうことか。

「お兄ちゃん、人間ってこんなに欲深いものなんだね」

「おうよ、そんなもんだろう」

「ぶっちゃけ、昂くんを呪い子にした塔ノ木家の奴ら、全員、まだ地獄に落としたい」

「お前、あんだけ四戒破っといて、まだか？」

ニヤニヤしながら瑛が言った。臨はちろりと兄を見上げながら返す。

「そりゃそうだよお。呪いの炎が消える頃にまたやってやりたいくらい」

昂を生んだ人は、今も病院で意識不明のままだ。体力が尽きれば死ぬことは目に見えているけど、その間の入院費用なんかは昂が払っている。

詐欺師の義父は、スピード裁判で実刑判決を下された。後ろ暗いことが多すぎて、執行猶予はつかなかったらしい。瑛に面会へ行ってもらい、塔ノ木の籍から抜けさせて旧姓に戻し、昂とは二度と関わらないようにしてもらった。

昂の弟、周也は詐欺師の父のせいで、家族との縁を切ることになった。けれど養子先の良識ある家庭は周也を更正させたらしい。どこまで理解できたかはわからないが、先日、昂に謝罪の手紙が来た。臨は破って捨ててもいいかと思ったが、昂は無表情でもしっかり読んでいた。

昂の大伯父は、今もあの介護施設で静かに暮らしている。昂から後で聞いて驚いたのだが、あの介護施設の園長が大伯父と幼なじみらしく、ほとんど園長のご厚意で大伯父は面倒を見てもらっているのだと知った。

「もっと早くあの家から救い出せていたら……」

見舞いに行ったときに会った園長は、くやしそうにそう言っていたが、呪い子の呪いがあったからきっとそれは難しかっただろう。せめてこれからを、まどろみの中でありつつも穏やかに生きてほしいと願っていると昂は言っていた。

あれだけ家族を呪っていた大伯父は結構業が深いと臨は思うが、昂には言わないでいる。

「臨ちゃーん！」

昂に関して思いを馳せていると、遠くから臨を呼ぶ昂の声がした。

ザザーンと波しぶきにはしゃぐ昂。白い砂浜、青い海と空。

臨が四戒を破った冬は終わり、季節は夏になった。今日は昂たちと海に来ている。

「お兄ちゃん、お兄ちゃん、これ、すごい！」

昂の横には、瑛のもとへ親権が移された一琉がいる。結局、一琉も『呪術師』の道を選んだのだ。母親と離れて寂しくはないのだろうかと思うが、そのあたりは瑛たち親子が一切話さないので、臨も聞いていない。

「臨ちゃんも泳ごうよー！」

昂がキラキラとした笑顔で臨を手招きしてくる。

美青年が青空の下、満面の笑みで手を振る姿は大変眼福だし、甥の一琉もとても可愛い。

確かに兄の元嫁は顔がよかったなと思い出す。そんな二人を見ながら臨は思わず呟く。

「楽園か」

「なら、行ってきてやれば？」

「行けるか、くそ兄貴」

臨と瑛だけは、パラソルの下、暑いにもかかわらず長袖パーカーと帽子という完全紫外線対策で陣取っている。臨は昴に笑って手を振るだけに留める。

烏丸家は全員、肌が弱いので、ギラギラの太陽の下、海水浴は天敵でしかない。

「何が悲しくて、兄とパラソルの下にいなければならないのか」

「それは俺の台詞だが？」

瑛と睨み合っていると、昴が一琉を連れてパラソルまでやってくる。

「泳げないなら、少し散歩する？」

昴が臨に手を伸ばしてくる。

「お、お父さん、かき氷食べたい」

一琉も、もじもじしながら瑛におねだりしている。可愛い姪っ子が欲しかった兄は、可愛い息子にも当然ながら甘かった。

「よし、全部買ってやる」

「お兄ちゃん、海の家でブラックカード、使えないからね」

「大丈夫だ。ペイにチャージはしてきた」

可愛い息子のために兄がいくらチャージしたのか知りたくないので、臨は兄親子とは別れて昴と散歩する。

「臨ちゃん、海、苦手だったんだね」

昴が申し訳なさそうな顔になるが、そんな顔はしなくていい。

「兄も私も日焼けすると痛くなるから、一琉くんと遊んでもらって助かってるよ。ありがとう、昴くん」

ニコッと笑うと、昴は嬉しそうにはにかんで臨の手をきゅっと握ってきた。

最近、昴はその年齢よりずっと幼い態度を臨に見せるようになった。年下の臨に甘えてくる彼を「少し頼りないんじゃねえの」と瑛は言うが、それでいいと思っている。

(この手が私を人間にしてくれる)

温かい手を覚えている限り、臨は自分が人間だということを決して忘れないだろう。

「昴くん、ちょっと……」

海は見晴らしがよすぎるが、砂浜から駐車場のほうへと向かえば少しは人気のない場所もある。臨が散歩がてら昴を引っ張ってきたところは、遊歩道と海へ流れる川の境目で、橋の下は少しだけ影が多くて死角になっていた。

「の、臨ちゃん?」

突然、そんな人気のないところに引っ張り込まれて、昴はわかりやすく動揺している。

「こ、今晩まで我慢……できない？」

「違うから！」

日焼けだけでなく頬を赤らめた昂を、臨は全否定する。

「え、違うの？」

「昂くんって意外に性欲旺盛だね……」

「へへへ」

恥じらうように笑うが、否定はしないのが、昂の昂たるところと言えばいいのか。

「こういうとき、人から見えないところでエッチするものだよね？」

「いやいやいや。昂くんってエロ漫画、読みすぎだよね？」

「よ、読んではないよ。ただ、広告でよく見かけるだけだよ！」

「まあ、ちょっとエッチなサイトってそういう広告よく出ますよね……って、普段よく読むやつが反映してるんだよ、それ!!」

昂はうっすらと頬を赤くして狼狽える。臨はため息をついた後、そっと昂の胸に人差し指を一本近づけた。

トンっと彼の胸にその指を押しつけると、昂はわかりやすく身体を強ばらせる。

「昨日、なんか恨まれたでしょ？」

「あー……女の子たちと少し……」

「女の子たちと？」

臨が返事を待つと、昴は観念したように白状した。

「臨ちゃんのことけなすから、言いすぎたかもしれない」

何を言ったらこんなにメラメラ燃えるような呪いを受けるのか。しかも臨に関することで。呆れ半分、嬉しさ半分で、臨は苦笑しつつも、彼の胸に向かって甘く囁く。

「呪われろ」

ぽっと淡い赤い炎がその胸に宿り、それはやがて臨に移っていく。

「そっちに移ったの……？」

見えていない昴がひどく切なそうな、痛そうな顔をするが、今までずっと痛かった人が、これからも痛くなる必要なんて、臨はないと思っている。

「昴くんが今まで呪われたぶんは、私には何もできないけど……」

海に来たことさえ初めてだと、二十八歳の男が喜ぶ姿を知った怒りをぶつける先がないことがくやしいが。

「これから先、運命があなたを呪うなら、それは全部私が引き受けるから」

彼の人生全て、請け負う覚悟はとうの昔にできている。

昂は一瞬、くしゃりと顔を歪めると、そのまま臨に嚙みつくようにキスをしてくる。

「ちょっと、ここ、外ぉ……んんんん……！」

「本当に、僕のかみさまは格好よすぎて困る」

唇をさんざん舐められた後、囁かれた声の甘さを臨は嚙みしめた。

「あなたのためなら、いくらだって、なんにでもなれるけど」

「もう、勘弁して……」

耳まで赤くして照れる昂に、臨も思わず笑ってしまった。

Fin

# あとがき

こんにちは、榎木《えのき》ユウです。ソーニャ文庫さんでは二冊目の本となります。このたびは拙作を手に取ってくださり、誠にありがとうございました。

ｗｅｂ投稿サイト『ムーンライトノベルズ』様に投稿していた作品に編集のＨさんがお声がけくださって、こうして本となりました。

ｗｅｂでは臨の一人称でしたが、こちらは三人称となり、内容も文章もよりブラッシュアップして綺麗に仕上がっていると思います。

どちらも私にとっては、愛情込めて書いた作品ですので、少しでも皆様に楽しんでいただけましたら幸いです。

さて、この作品は現代物でありながら、『呪術師』という少し変わった職業に就いている主人公の話となります。

いままで色んなヒロインのお話を書いてきましたが、私はやはり少し変わった能力を持った主人公が好きなので、臨はとても書きやすい女の子でした。

そしてもう一方で昂くんも、今までのどのヒーローよりも強くヒロインを必要とする一人の男性でした。

この話の中では、サブキャラも本当に書きやすくて、全部が全部、楽しく書けた、書き切った作品です。ｗｅｂのほうには番外編などもありますので、もしご縁があったら遊びに来てみてください。

綺麗な本となったうえに、柾木先生に素敵なイラストを描いていただき、大変感謝しております。柾木先生、本当にありがとうございました。またお仕事できて大変嬉しかったです。

また、今回も編集さんには大変お世話になりました！　タイトルなどｗｅｂ連載時は大変苦戦したので、素敵なタイトルを考えていただいて大変感謝しております。

最後になりましたが、この本を手にとってくださった皆様あっての本です。少しでも楽しんでいただけましたら幸いですし、また読みたいと思っていただけるような作品であったなら、もっと嬉しいです。

お読みいただき、ありがとうございました！　また、どこかでご縁がありましたらよろしくお願いします。

Sonya
ソーニャ文庫

この本を読んでのご意見・ご感想をお待ちしております。
◆ あて先 ◆
〒101-0051
東京都千代田区神田神保町2-4-7 久月神田ビル
㈱イースト・プレス　ソーニャ文庫編集部
榎木ユウ先生／柾木見月先生

# 健《すこ》やかなる時《とき》も病《や》める時《とき》も、あなたのために何度《なんど》でも

2022年10月6日　第1刷発行

著　　者　榎木《えのき》ユウ
イラスト　柾木《まさき》見月《みつき》
装　　丁　imagejack.inc
発 行 人　永田和泉
発 行 所　株式会社イースト・プレス
〒101－0051
東京都千代田区神田神保町2－4－7 久月神田ビル
TEL 03－5213－4700　FAX 03－5213－4701
印 刷 所　中央精版印刷株式会社


ISBN 978-4-7816-9732-1
定価はカバーに表示してあります。

Sonya ソーニャ文庫の本

**『年下御曹司の執愛』** あさぎ千夜春

イラスト 炎かりよ